一路同行

去想去的地方，做想做的事

阿拉苏苏苏 著

中国铁道出版社有限公司
CHINA RAILWAY PUBLISHING HOUSE CO., LTD.

图书在版编目（CIP）数据

一路同行：去想去的地方，做想做的事 / 阿拉苏苏苏著 . —北京：中国铁道出版社有限公司，2019.11（2019.12 重印）

ISBN 978-7-113-26001-9

Ⅰ . ①一… Ⅱ . ①阿… Ⅲ . ①散文集 - 中国 - 当代 Ⅳ . ① I267

中国版本图书馆 CIP 数据核字（2019）第 131497 号

书　　名：一路同行：去想去的地方，做想做的事
作　　者：阿拉苏苏苏

策　　划：巨　凤　　　　　读者热线电话：010-63560056
责任编辑：苏　茜
责任印制：赵星辰　　　　　封面设计：仙境

出版发行：中国铁道出版社有限公司（100054，北京市西城区右安门西街 8 号）
印　　刷：中煤（北京）印务有限公司
版　　次：2019 年 11 月第 1 版　2019 年 12 月第 2 次印刷
开　　本：880mm×1 230mm　1/32　印张：6.125　字数：171 千
书　　号：ISBN 978-7-113-26001-9
定　　价：58.00 元

此书送给那些顽强生长的人

我是一个喜欢阳光的人，因为曾在黑暗和破碎中孤独成长，所以特别愿意相信这个世界是美好的。一个朋友说："每个人生下来都捧着一个玻璃瓶，一路收集生命的温暖。阿拉苏比较倒霉一点，她的瓶子总是被现实打破，温暖洒了一地，她蹲着捡起来，捂着瓶子的缺口，就这样来来回回地，瓶子被打破、被修复，温暖被浪费又重新收集回来，不知疲倦、绝不放弃，她的眼中有光，相信未来一定可以走到阳光里纵情歌唱。"对呀，我就是那个阿拉苏，那个相信未来一定要幸福的小小魔法师。

为什么要写这本书？写的时候很多次哭得歇斯底里，在剥开伤口的时候，是疼的。那些伤口和疤痕我都小心地藏在魔法袍子里，因为我不想浪费现在无比珍贵的每一天，我要好好享受梦里的生活，去看看这个世界，去过那种超过自己预期的人生。写这本书更因为我真的是被梦想拯救的那个人，也是被自己和大家拯救的那个人。我想把那些说出来会让自己心疼的故事写下来，告诉大家生命中就是会有伤痛，但是荆棘也终将成为过往的风景。努力做梦中的自己，真的是一件无比幸福的事情；努力让自己变得强大，那些被成年人和现实毁掉的童年和童话，能一点一点重建起来；努力保护自己的梦想和天真，不论少年还是白头，永远守护心中向往的新世界！

我想当那个突然出现的阿拉丁神灯精灵，想给那些心中有梦、现实却很无力的人送去惊喜。幻想当魔法师的我看起来笨拙又愚蠢，但是在这个过程中却收获了一直寻找的温暖，我的玻璃瓶慢慢地被收集的温暖修复好。在做了最想做的自己之后，瓶子里的温暖也一点点地变得多了起来，已经多到足够照亮我未来坚信的路。我想把这些温暖的魔法之光分享出来，或许这些星星之火可以燎原你的梦想之地。

成年人当然也可以有童话，坚定不移的心就是我们的魔法棒，我们也终将成为梦中的大人物，因为那些你羡慕的大人物，就是一直不断努力的小人物！

目录
CONTENTS

无忧童年

掏蜂窝、抓水蛇，赤脚在田野里奔跑，无忧无虑的童年时光，想象力和快乐在放肆地生长，想去山外面看世界的种子在小小心田里发芽。

突遇变故

②

爸妈婚姻破裂，我再也不是妈妈怀里的那个"爱哭鬼"，强迫自己一夜长大。黑夜带给我的是恐惧和孤独，我开始变得叛逆，又遇上了年轻后妈，生活发生了翻天覆地的变化……

3 职场磨砺

6 年换了 4 座城市，不知道会留在哪里？从门口招聘开始到策划、编辑、运营、媒介，每一个工作都在成就全新的自己。职场磨砺的是我的青春，但是没有磨平我的梦想！

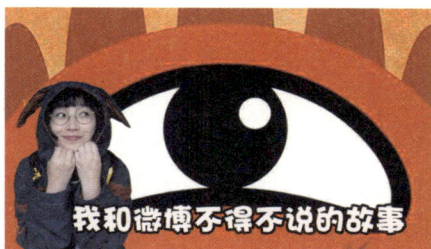

4

追求梦想

从自己旅行到带着粉丝去旅行，路上永远不会累，对下个目的地永远充满好奇。遇见了太多的人，听了他们太多的故事，原来做自己喜欢的事情真的会重生，充满幸福！

1

无忧童年

姐姐引导我 →→
通向梦想之路

↓ "姐姐，我可以给你买'爱马仕'包包作生日礼物了！"

"谢谢小妹，姐姐很高兴，但真的不需要！"短短的对话，却让我自己无比感慨。

说这句话的时候我的心情是甜蜜、期待，甚至还有点骄傲，感觉自己终于长成了像姐姐一样的人，姐姐在我的心目中就如同一座大山，我和姐姐的感情，应该是很深很深的那种，是姐姐让我知道山外有个大千世界，是姐姐让我有幸踏入大学之门。

我家的关系复杂得像张渔网，在这个世界上我没有同父同母的兄弟姐妹，是姐姐待我如同亲生姐妹一样，给了我无数次黑暗中的光亮。自来到这个世界，我有好多个变坏的理由，但是最后却成长成美好的样子，都要感谢我的姐姐，她如同一束光、一颗星辰给了我光明。

我的妈妈是姐姐的后妈，小时候家里小孩子太多，姐姐特别懂事，就和爸爸说把自己过继给乡下伯父，这样爸爸就可以照顾其他弟弟妹妹。姐姐有无数个梦想，但是都没有机会去实现，连上学都成了奢望，初中毕业后向妈妈借了 400 元路费，一个人去了深圳打工。姐姐从来没跟我说过她打工的故事，但当她的朋友告诉我时，我泣不成声。

姐姐的第一份工作是在玩具厂给瓷器娃娃上色，一个娃娃五分钱，因为姐姐长得好看，经常被女生队长欺负，还将最难画、利润最少的工作分配给姐姐。15 岁离家的姐姐经历过在别人屋檐下打着伞入睡的日子；经历过酒店门口穿着高跟鞋当迎宾小姐的日子；经历过做办公室当文员的日子；经历过终于存了 1 万元钱却被室友偷走的日子。但姐姐永远不气馁，她悄悄地学习英语，一坚持就是好几年，后来自己开了一家外贸公司。

姐姐赚的第一笔钱就给我买了一条好看的裙子；第二笔钱给家里修了新房子；第三笔钱给二姐交学费；第四笔钱给哥哥买了车……姐姐一直在默默地给予，用她柔弱的肩膀给弟弟妹妹们撑起了一片天空。

小时候，姐姐在我眼里就是个魔法师，给我拍了很多照片（因为她小时候没有什么照片），给我录视频，给我买公主裙，给我买我没吃过的水果。我把水果拿到学校分给好朋友们，大家都没见过，围成一圈，一个一个排队吃一口。所有人都认为我不可能上大学了，连我自己也放弃了，收拾好行囊，去了深圳打工。那时候我暂住在姐姐家，姐姐带着我第一次吃了肯德基，带我看了海，带我去了她公司，给我安排了一份工作，可是我发现自己什么都做不好，只认识几个简单的英文单词。在这个城市渺小得如同一只蚂蚁，叫再大声也没人听得见，我在街边偷偷哭泣，对自己的无能为力无比懊恼。我偷偷问姐姐："你对我失望吗？"姐姐说："我对你不能上大学很失望。"我哭着说："我想读书……"姐姐看着我，坚定地说了一个字："好！"后来，姐姐的公司遇到了问题，欠了很多钱，但还是给我支付了学费，也让我彻底改变了自己。

　　↘ 我在大学学会了自信，学会了与人相处，学会了包容，学会了和孤独做伴，学会了荣辱不惊，学会了表达自己。我真的变得优秀了，学校虽然不是名校，但是却让我变成了另外一个自信满满，努力乐观的自己。

　　我常常在想如果没有姐姐，我一定会变成另外一个样子，可能永远触及不到我的梦想。后来，我参加了工作，姐姐给我传来了照片，告诉我西藏、尼泊尔有多美，在我心中种下了旅行梦。当我终于决定去西藏了，姐姐将去西藏旅行的相关装备全部寄给了我，支持我辞职去旅行，让我感受一个不一样的世界。后来姐姐在香港安了家，又在深圳买了一幢房子，门永远为我们家族的孩子们敞开，遇到人生低谷时，姐姐的家就是我们的避难所。

一个人可以好到什么程度我不知道，我只知道姐姐对我们家族的影响非常深刻，她回家变成家里男女老少都期待的事情，大家都想看她一眼，和她说几句话。姐姐有颗慈悲的心，可以对每个人都很好，而我只学会了姐姐的一部分，永远热爱生活，对世界充满好奇，满怀梦想。

　　我一定会努力地活成自己心里的样子，做自己喜欢的事情。将经历过的黑暗都忘记，走向光明，走到我想去的任何地方，爱这个让我看到更远的世界。

一个徒手抓水蛇、

→ →

涂满泥巴掏蜂窝的姑娘

女孩子的童年会是什么样子的呢？蝴蝶结、洋娃娃、水晶鞋还有无数好看的公主裙，爸爸的背和妈妈的吻，大概是这样的！因为我的童年太顽皮甚至超过了很多同龄的男孩子，所以，是在妈妈的拳头下长大的。童年的波澜也造就了现在想象力丰富和爱做梦的我。

特别小的时候我生活在农村老家，稍微大了一点去了小镇生活，所有的记忆也在小镇一点一滴地搭建。最喜欢的是外婆家，在离小镇五里路的地方，后面是一座一座的大山和山上无穷无尽的宝贝。

外婆家门前有一条小小的河流，那是我童年最喜欢的地方，一放暑假我就和表哥、表弟抓鱼，游泳。我们拿着抓鱼的工具从家门口一直走到水库，表弟和表哥轮流用鱼篓抓鱼，我抱着一个小桶在旁边指挥。当时最欢喜的是鱼篓拿起来的那一刻，我凑过去问有几条鱼。

抓鱼永远是我们玩不腻的一个游戏，因为小河旁边都是稻田，有时候在河里还能抓到鳝鱼。永远记得那次在桥洞下，我们三个看到一条快速游动的"鱼"，我迅速去抓，抓起来边甩边笑，表哥和表弟却一直往后退。抓住的"鱼"一直在挣扎，我只好抡起来甩，后来鱼动弹不了，表哥表弟脸色煞白地靠近，让我把"鱼"丢到岸上。我还一脸纳闷，等再细看的时候原来是一条水蛇，已经被我甩得半死了。我哈哈大笑着将其丢上岸，回去还挨了妈妈一顿骂。

对大自然的热爱让我总是忘记自己是女孩子，有一次和大自然"靠得太近"，还被妈妈狠揍一顿。大概7岁时的一个暑假，妈妈给我买了漂亮的公主裙，带着我去看外婆，当天舅舅家有喜事，摆着酒席。妈妈到了就开始帮忙，于是我就成了脱缰的野马，和表哥表弟去玩耍了。从小我就特别爱吃蜂蛹，表哥表弟也对我特别好，就张罗着说离家不远的一个稻田边有个大蜂窝。油炸过的蜂蛹对我是莫大的诱惑，于是我们三个就决定去掏蜂窝，但是那只马蜂非常厉害，我们就想了一个办法，脱掉衣服在身上涂满泥巴，包括头发，只有两只眼珠子和牙齿是白色的，半个小时后我变成了一个小泥人，像个战士一样冲在掏蜂窝的前线。后来，表弟表哥都被蜜蜂蜇得嗷嗷大叫，我趴在地上一动不动才逃过一劫。

妈妈和舅舅听到表哥表弟呼天抢地的哭叫声，顺着声音找到了我们。蜂窝是掏到了，里面只有几个小小的蜂蛹。我一辈子都忘不了妈妈看到我的表情，白色的裙子我放在一边还算干净，但是小裤衩和头发以及全身都是泥巴，妈妈惊吓得下巴都快掉了，要不是我说话了她肯定不相信这个是她早上起来，洗漱半天扎了漂亮头发的小丫头。

妈妈是个干脆的人，惊讶了一会儿就拽着我的手臂往河边走，边走边骂我，到了河边把我摁在河里一边洗泥巴一边揍我，噼噼啪啪持续了半个小时，我才有点人形。妈妈气得牙痒痒，又把表哥表弟抓过来摁在河里洗。看着他们肿起来的嘴和手，我又忍不住笑，于是妈妈又把我拉过去一顿揍，巴掌打的震天响，我一会儿哭一会儿笑，最后妈妈也笑得不行了，说你就这么顽皮吗？罚我一个星期没有零花钱。晚上妈妈和舅妈聊天的时候说："我怀疑自己生了一个假女儿，你不是想要女儿吗？生个这样的比儿子还调皮。"舅妈笑着安慰妈妈，"我两个儿子加起来和她一样淘气……"我在一边穿着公主裙，扎着羊角辫翻着白眼。

我调皮的事情当然不可能只有这两件，表哥表弟的童年被我坑得太惨。还记得我们一起在后山板栗林偷摘板栗的经历，也是"荡气回肠"。我踩着表哥的肩膀爬上了树，越爬越高，忘乎所以地摇着板栗树，树下的表哥被板栗砸得咿咿呀呀叫，当然他的叫声引来了板栗园的老板和他的狗。听到狗声，我和表弟迅速往树下爬，但是表弟毕竟比我灵活，比我下树敏捷，表哥着急跑，我下来的时候没有了表哥的肩膀，果不其然就摔了下来。

然而我做了一件特别"鸡贼"的事情：摔下来之后装死。表弟添油加醋地吓唬表哥，表哥没办法跑回来背着我往家走。板栗林的老板并没有追过来，他只是放狗吓唬我们，但是我的表哥就比较惨，只是比我大一岁，却背着超重的我，艰难地往家里走，我和表弟一路各种眼色交流，得意扬扬。等表哥背我到家的时候，他的腿都在抖，一进门就开始哇哇哭，说我摔晕了。妈妈出来看到装晕的我，反手给我就是一巴掌。我乖乖清醒，表哥看我没事，倒是不害怕了，只是委屈地哭着说："我宁愿被板栗林老板抓去干活也不要背妹妹。"最后妈妈教育了我，为了补偿表哥，就把我的私房钱都给他了，他买了很多弹珠，于是我们一起愉快地玩弹珠，就忘记了这件事情。

↓ 在学校我有一个很有正义感、特别敢说敢做的玩伴，叫万万。我们是邻居，她家和我家住得很近，加上我们一起在一个班级上学，所以关系比较好。她长得很好看，但是胆子很小，经常被男孩子欺负，我就经常护着她。记得特别清楚，班上的男孩子经常在教室后面的树林抓毛毛虫（有的毛毛虫有毛，有的没毛），然后放在女生的肩膀上，吓得小姑娘们乱叫，男生就特别得意，使坏地大笑。我看见了，都会帮女生把肩膀和座位上的毛毛虫丢掉。

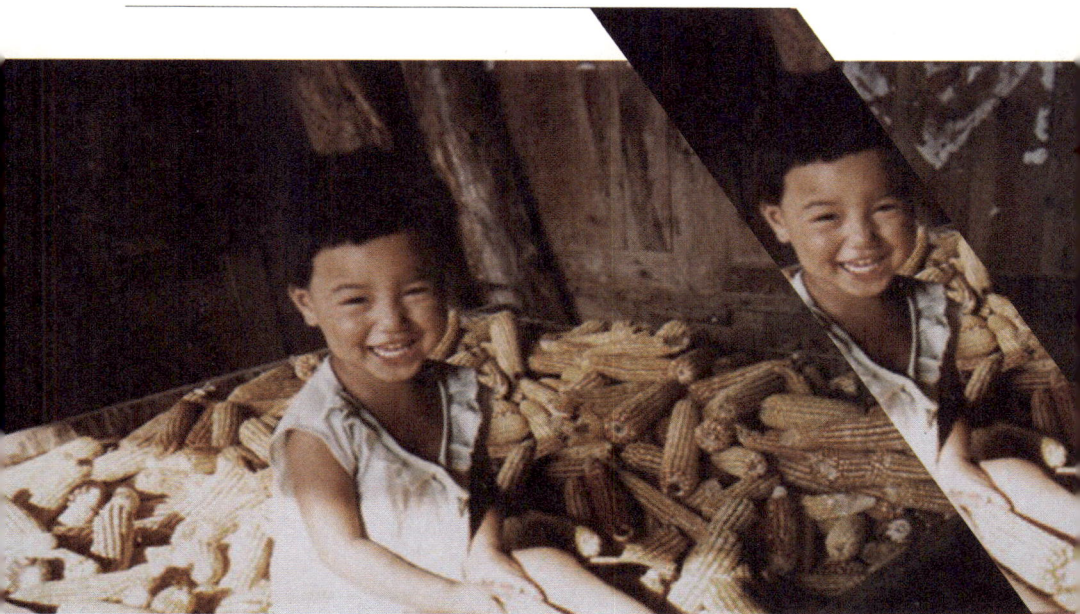

一天，一个调皮的男孩子又抓了一只很大的没有毛的青色毛毛虫，放在了万万的座位上，她吓得哇哇大哭，使坏的男生在旁边大笑。我特别生气，抓起毛毛虫，走到那个男生面前，在手中一阵狂搓，然后拿到离男生脸很近的地方"啪"的一下拍碎，打开双手对那个男生说："你以后再吓她试试！"使坏的男生吓得脸色惨白，哇的一声就跑开了。我小时候学习成绩很好，也经常和同学围在一起说说笑笑，比较有组织能力，所以班主任让我当副班长负责班级纪律。上自习课我经常坐在讲台上，对嘀嘀咕咕的同学很凶。因此我们班的男生对我特别不满，特别是有一个比我大两岁高一个头的男生，特别讨厌我，因为他学习不好喜欢逃课，上课也不遵守纪律，自然把我当成死对头。

有一天他上自习课，一直拿笔戳前面做作业的女同学，那个女同学就向我告状。我说他不听，还威胁我多管闲事，对我不客气，这样我就只好跟老师说让我和那个女同学换座位。于是他那一阵子开始对我进行报复，最初我发现课桌里有一堆毛毛虫，还有老鼠，后来还有壁虎，我每次都很镇定地当着他的面把这些小动物丢掉，没有尖叫、没有害怕。终于有一天，我发现课桌里多了一条活蹦乱跳的蛇，我们那边把这种蛇叫"乌艄公"，有一定的毒性但是可以入药，很多人去抓这种蛇卖给药材中心。我依然没有尖叫、没有害怕，一直放在课桌里，等放学之后把蛇卖到药材中心，还换了30多元钱。第二天我把钱给那个男同学，说："这个是我卖了你那条蛇的钱，我也不会告诉老师，以后不要在我课桌放奇奇怪怪的东西了。"他的表情我现在都还记得，惊得下巴都掉了。之后我们相安无事，我课桌里再也没有奇奇怪怪的东西了。

我小时候胆子大也太调皮，挨打的频率特别高，但是基本都是妈妈揍我，爸爸很少揍我，还劝妈妈别老是揍我，直到我把淘气的魔爪伸向了他心爱的一套茶具之后，他们对我的态度历史性地完成了大统一。小时候我最喜欢玩的就是过家家，当时我家房子修得最早，姐姐在香港打工，总是买很多好东西回家，包括爸爸心爱的一套特别美的茶具。我每次都张罗一堆小伙伴来家里玩，摔坏茶杯成了一个必经环节。每次听见清脆的响声，妈妈就来了，其他小伙伴就散开，有的在路口放哨，有的在我家门口放哨。路口小伙伴看见爸爸就开始喊"来了"，一个一个给我传暗号，我就拿着扫把将摔碎的茶杯扫到一块儿，放在铲子里，然后跪在门口。爸爸第一次看着我可怜认真的认错样子，让妈妈放过了我；但是次数多了，爸爸一看见我跪在门口，第一时间来不及骂我，就冲进去看他的茶杯还剩多少。后来他那套茶具被我摔得只剩一个杯子和茶壶，爸爸买了把锁，把它们锁了起来。

↓ 小时候我也没少坑爸爸，但是爸爸对我真的很好，带我爬山、参加医院组织的各种活动，还有我人生第一次真正的旅行。当时我们去的是芙蓉镇，出发那天我凌晨 4 点就起床了，每过 10 分钟就问我妈"我可以出发了吗？"第一次旅行我兴奋得像个刚学会飞的麻雀，话多，精神特别好。以至于后来每次出去旅行时我前几天的状态都像是打了鸡血，特别兴奋。当时我妈没去，我和爸爸去的芙蓉镇，妈妈给我扎了一对不整齐的羊角辫，我牵着爸爸的手在船上照了一张我每次看到都很温暖的照片。

那时我 8 岁，在芙蓉镇爸爸给了我 10 元钱，我买了一个雨花石，当时爸爸不解地问我为什么买雨花石，我说这块石头很特别，它上面的花纹都不一样，放在哪里都能一眼看见，不会坏、不怕摔。后来我一直留了很久，每次都拿出来看一眼。再后来爸爸妈妈分开了，再次收到爸爸的礼物是当时比较流行的用名字做的画，并且还写了一首诗。爸爸送了两幅，一幅是我的名字，上面画着竹子和妈妈喜欢的梅花；另一幅是"书山有路勤为径，学海无涯苦作舟。"爸爸也许不知道，这两幅画对我的意义非常重大，是我在后面叛逆的成长期没有变坏的一个"护身符"。

我小时候的张扬跋扈、乖巧调皮，都在 10 岁那年戛然而止，没有了妈妈的宠爱，我开始变得像野草一样，努力生长。小时候我经常想自己应该像什么，像一只快乐的鸟儿，可是我找不到温暖的窝；像一条游向大海的鱼，可是我找不到方向；后来我特别希望自己像一棵树，但是没有土地让它安静长大；也想像一株向日葵，抬头看向回家的路，但是妈妈不在家；最后想来想去我适合像蒲公英，飞到哪里哪里就是我的家，努力生长还能开出向日葵一样的花，既美丽，甚至还可以飞翔。

现在回头看，特别感谢小时候的成长，让我的想象力尽情蔓延，让我的野蛮生长，顽强寻找阳光，幸福摔碎了还能自己捡起来，学着粘好，也学会散发芬芳。

我爱那个
叫石堤的小镇

→ →

家乡是迷恋的地方，像浩瀚宇宙中我最终的归属，像世间繁华里我最终的长眠地。青青的山，对着一弯弯的水，吊脚楼唱出多少湘西姑娘的痴情，白米酒酿造多少湘西汉子的温柔。

我最爱家乡的日暮，忙碌的人开始往家里走，谁家的媳妇儿烧起了悠悠的炊烟。我小时候最喜欢搬个小板凳，坐在家门前街道边，看背着采购了一背篓货物赶回家的人。火辣辣的笑声，高山给了我们高高的调子，那些妇人的谈话声响遍了一条街，我全然不觉得市井之气。只觉得终日我也是这样平凡地爱着平凡的一个人，有一个平凡的家，我也火辣辣地笑，直爽爽地谈。我也在家乡千转百回的高山里行走，学着唱那些快要消失的山歌，背着沉甸甸的小背篓，一家一户去拜访那些有故事的人，把他们的故事一个一个地串起来。这片有好水、好山、好人、好故事的地方，经得起繁华，受得了寒苦，说得了真话，拼得了命的湘西人，英雄辈出的地方，足够我一辈子慢慢地体会。喝一口甘泉，带了几分纯真，后来我去繁华之地，爱了一个温柔的人，当我牵着他的手回到家乡，赤诚地回眸一笑，足够我感动很久，足够我为我是湘西人感动。

┃ 一路同行：去想去的地方，做想做的事

我的家乡就在湘西的一个小镇上，四面被山环绕，家门前有一条弯弯的河，每年夏天河水就会漫进我的家，我会和家人一整夜一整夜盯着河水的涨势，哪怕再汹涌也没怕过，因为一家人都在一起。

小镇的名字叫石堤镇，镇上有一座宝灵山。小时候每个仲夏，街头的邻里都聚在一起坐在街上，吃着瓜子摇着蒲扇，一起笑嘻嘻说着趣闻和家长里短。小孩子们都聚在一起，玩着永远都玩不腻的捉迷藏。多少次我吃着饭从街头走到街尾，尝一尝邻居阿姨家的菜，坐在隔壁哥哥姐姐家看动画片，还有每次因为玩儿过家家，摔坏老爸心爱的茶具总是跪着迎接一场惩罚，小时候的记忆太多太多，有时候发现走得很远很远，在某些瞬间总是会很想家。

有朋友说过，我的家是摔了一地的碎玻璃，每次摔了我都捡起来拼好，每次拼好又会再次摔碎，只有我足够强大，才能让手中的玻璃家变成一个整体，可是不管怎样，我对家乡的记忆都是甜多于苦涩，虽然现在每次回到家乡，家乡都在快速地变化，很多我记忆中的地方都在消失，重新建造，但是记忆中对小镇的爱是骨子里的。

　　这个小镇让我有了去看外面的世界的梦，山越高，梦越长，想飞得越高的愿望就越迫切，我在顽强成长，等我终于有了飞翔的翅膀，我飞过家乡的高山，家乡的流水，家乡的小路，家乡的人群，去我向往的地方，后来飞得越来越远，飞得越来越高，才发现只要有足够的能量，足够坚定的心，没有什么可以阻挡你的梦想！看过世界后依然还是爱这个小小的小镇，就像一个永远不变的方向，有无限的希望支撑我飞去世界各个地方！

2

突遇变故

10 岁那年妈妈南下打工，
我们都哭湿了一条毛巾

妈妈，我喜欢叫她"胖夫人"。我和妈妈一起生活的时间很短，短到每一段有她的回忆都变得很珍贵。以前我总觉得我和妈妈一点都不像，现在再照镜子，会感慨我和妈妈变得越来越像。

妈妈她很要强，也倔强、善良，又有点固执。曾经在我很小的时候妈妈抱着我，让我为她写一本书，我至今也没写出来，自己却偷偷地在写第二本了。

小时候不懂事，有段时间我甚至觉得自己不爱她了，可是现在我的性格和样貌都像她，说明我爱她爱得更深切了。妈妈的一生经历了几道大坎儿，别人挺过来的她挺过来了，别人挺不过来的她也挺过来了。回头发现，是妈妈的很多故事感动着我，激励着我，让我变得愈加顽强和乐观。

　　妈妈出生的年代不好，家里兄弟姐妹太多，没钱供她上学，于是她18岁就去学裁缝了。为了节省学费她去了最偏远的地方，为了多赚钱，她起早贪黑；可是有时却总是事与愿违，没学多久，师傅就病倒了，妈妈想开裁缝铺的梦想就此破灭。现在说起来，妈妈还会叹气。我们生活的地方有很多少数民族，女孩子结婚往往比较早，妈妈20多岁时和一个能说会道的小伙子结婚了，不久后他们有了一个儿子，儿子在一岁的时候生了病，妈妈便卖了所有的嫁妆用于医治，却最终没能挽回儿子的性命。妈妈说，她只记得自己疯了一样抱着孩子小小的身体哭，而后，一个人精神恍惚地回了娘家，那个"能说会道"的小伙子再也没出现，妈妈第一次婚姻在绝望和伤心中破碎了。

　　后来妈妈病倒了，她一看见小男孩，就会大声地哭，她一天到晚都抱着枕头不停地笑，她变得疯疯癫癫的，让人看了揪心极了。她的家人无可奈何，只能带她四处求医，兴许是上天怜悯、眷顾她，她遇见了一个好医生，那个好医生就是爸爸。

爸爸有一任去世的妻子，留下了三个孩子，我姐、二姐和我哥。妈妈遇到爸爸时，我二姐七岁半，爸爸一人带着三个孩子，生活忙乱不堪。同是天涯"沦落人"，他们组成了家庭，妈妈成了我哥哥姐姐们的后妈，她一下子拥有了这么多孩子，有点不知所措，一味简单粗暴地爱着他们。我不知道她是如何在失去自己孩子之后，让生活一点点恢复往日色彩的，我只模糊地记得很小的时候就陪妈妈去老家做农活，妈妈一个人管了一个山头的茶树，每到春天，大朵大朵洁白的茶花就会开满山头。我最喜欢摘下空心的草根，放进茶花里就能像小蜜蜂一样吃到花蜜了。

春天万物生长，妈妈总是拿着长长的镰刀，把茶林的杂乱草枝都给砍掉，只留下茶树茁壮成长。秋天，妈妈和我会带上家里的大狗"黑熊"去偏远的茶树林采摘茶籽，她一个人从一棵茶树爬上另一棵茶树，每隔15分钟就会叫我一下和我说说话，一是怕我有闪失，二是让我和她做个伴，毕竟在茶树林深处还是有些害怕的。那时总觉得妈妈是魔法师，每次摘满一背篓茶籽就会来到我身边，给我拿出野生的猕猴桃让我吃，到了八月还会变出瓜和树莓。小时候最大的快乐就是看着妈妈走向我，神奇地从背篓里掏出一个又一个美味的食物。

这样的幸福时光没有持续多久，后来我们全家搬去了小镇。妈妈非常勤奋，自己开了一家小面馆，每到赶集的日子生意就变得红火。面馆里永远都会有我专属的大肉馅馄饨和堆满臊子的米粉。偶尔不上学的时候，我会帮妈妈洗碗、收钱、招呼客人，也会带着我的同学去店里吃米粉，跟着妈妈我从小就口齿伶俐很会推销东西。最开心的就是忙碌了一天，和妈妈坐在沙发上，拿出抽屉里的所有钱，一张张地数。以前的米粉都很便宜，一元一碗，所以我和妈妈会把钱十元十元地码成一叠，妈妈会根据我的表现奖励我一元或者两元。

有一次赶集日让我印象十分深刻。那一天，妈妈依旧在面馆里忙碌着，我坐在电视机前看电影《世上只有妈妈好》，看着看着泪流满面，八九岁的我可能看不懂所有的剧情，但是想着妈妈的好就莫名地想哭，一时控制不住，也有点分不清虚构和现实，不但不帮忙还跟在妈妈后面一直哭。妈妈并不知道发生了什么，又特别忙，看我哭哭啼啼骂了我一顿，打发我去楼上房间。妈妈就是这么不细心，现在回想起来，那次哭好像是小小的我有第六感一样。那段时间爸爸和妈妈的摩擦很大，偶尔还动手，常常发生莫名其妙的争吵，把我吓得够呛，长大之后，才明白原委。爸爸心很善良，他在医院工作本来工资就不高，还不停地给看病的病人贴钱，一个月下来不但没有收入，有时候还会欠医院一堆债务。可是我家的孩子多，妈妈一个人撑着本就很艰辛，还自己种水稻、种菜给一家人吃，然而爸爸一个月下来却入不敷出，日子过得紧巴巴的。在我记忆中，小时候最喜欢家里的炸猪油，我守在灶边上，等着油渣出来后就可以赶紧吃一个，家里孩子多，过得确实很拮据，加上爸妈之间的教育水平差异也很大，有油渣吃的回忆少之又少。

一次过年，哥哥姐姐都在外面工作、读书，不回家过年。于是就剩我、妈妈和爸爸三个人，我们家习俗是中午 12 点过年，我和妈妈做了一大桌好吃的。可是我和妈妈一直等一直等，等到晚上 9 点爸爸才回来。这期间我和妈妈把菜热了又热，爸爸回来的时候身上都是雪花，像变魔术一样地从怀里掏出一包牛奶糖，骗我说他加班医院发的。其实，我知道那是他自己买的。

后来听妈妈说，因为医院只有爸爸一个人值班，下雪路滑，有一个人摔断了腿需要他做手术，所以才这么晚下班回家。

可是随着家里生活压力越来越大，那一年年后，妈妈就和爸爸商量说要南下打工挣钱补贴家用，特别是想到将来我还要上大学，如果不存钱，这样下去以后肯定没钱供我。结果妈妈真的去了。妈妈跟我说她要去赚钱，好给我买更多花裙子和新书包，那年我十岁，上小学三年级，我很懂事地说好，还用我歪歪扭扭的字在妈妈的笔记本上写"妈妈多挣钱，我会听话的"。走的那一天像往常一样妈妈送我去上学，然后再坐车去车站，我一直看着妈妈上车，硬是憋着没哭，假装平静地和妈妈挥手，然后狂奔到班里，也不知怎么上完的两节课，躲在课本后面偷偷地擦了好多好多眼泪。

后来住在车站附近的同学上学迟到，他离开家时看到妈妈坐的车有点问题还没走，我听到这个消息拔腿就往车站跑，一路跑一路祈祷妈妈还没离开。我拿着平时攒下的几块钱给妈妈买了一瓶饮料，满怀期待地去车上找妈妈。妈妈拿毛巾捂着脸，假装没看见我。我走过去喊了声"妈妈"，妈妈取下毛巾，眼睛红肿红肿的，一把就把我抱住了，眼泪流个不停，妈妈接过我的饮料，从自己随手带的几个煮鸡蛋里拿了一个塞给我，还给了我五元钱，嘱咐我好好学习，要听爸爸的话……和妈妈分别前的半个小时过得异常快，很快，车发动了，妈妈趴在窗户边和我说再见，我在原地哭了一会儿，又追着车跑了一小段路，车开得好快好快，我根本追不上。坐在路边哭了很久很久……这就是我和妈妈的分别，这一分别就是十几年，现在想起来，当时的难过和舍不得还会涌上来，让我鼻尖酸酸的。

期间，妈妈回来过一次，和我过了个春节。她对我说那天她哭了一个多小时，一条毛巾都快哭湿了，她很想留下来，可是买车票的钱是她一年的积蓄，她必须得走，为了给我一个美好的未来。

很多时候选择了不同的路，不同的结果就会接踵而至，到后来，妈妈想回来也回不来了，我们的家也不再是以前的那个家。我在青春期的很长一段时间都想不通，为什么妈妈把哥哥姐姐都安排好了，他们都结婚成家了，单留下了十岁的我，就南下打工去了。我想妈妈肯定吃了很多苦，而我也吃了很多苦，性格也因此发生了很大的变化。

小时候我在家里最小，张扬跋扈，蛮不讲理。十岁的我从天堂跌到地狱，开始一个人摸索着怎样让家人喜欢自己，怎么在夹缝中求生存，也让我有了现在的豁达、感恩和坚强。不知道是该感谢还是感慨，但是很长一段时间我都会做同一个梦——妈妈当时没坐上车，回来陪着我长大，我们就像没分开过一样，每到赶集的日子我还是会帮妈妈数钱和洗碗，而我也能在下雨天给妈妈送伞，领奖时妈妈在台下看我，上大学有妈妈送我入学，去工作也有妈妈叮嘱，出嫁有妈妈张罗，对妈妈的思念像一个旧伤，在成长过程中都会不定时地痛。虽然现在我有了足够多的爱情来修复心里的伤口，但是对妈妈的思念却从没有停止过。

参加工作后，曾很多次邀请妈妈和我一起旅行，她总是拒绝我；也邀请妈妈和我住一阵子，她还是拒绝我。她现在还一心投入在工作中。之前我很生气，不理解，明明她想要的大房子我很努力地给她买了，老伴儿也找到了，为什么她还不肯退休，休息一下呢？我劝说过她很多次，每次都是不愉快地结束，甚至发生争吵。

直到有一次我去妈妈工作的地方，看到她和所有的同事关系都特别好，老板对她也很好，我才知道，妈妈不是单纯为了钱，而是不知道如何从这样的生活中停下来。

2016 年的新年，我最开心的事情是爸爸和妈妈释怀了。我拉着妈妈的手去看望了生病的爸爸，他们都有了各自的伴侣，终于可以平心静气地坐下来拉拉家常。四个家长很融洽地坐在一起，脸上都是笑容，没有了以前的剑拔弩张，也不再忌讳提到彼此。我牵着爱人的手看他们四个人聊天，一不小心又泪流满面，虽然结局和我梦里的不一样，但是已经一样美好了。

| **一路同行：** 去想去的地方，做想做的事

妈妈呀，抱歉我一直没给你写一本书，那些您和我说的传奇又曲折的故事我都记得。我其实很爱您，所以就算飞得再远再高，我的内心都能保持充实和温柔。妈妈，我还是无法放弃内心的期望，期望再过一年，您可以陪我一起生活一阵子，让我能像小时候那样可以在您身边和您撒一阵子娇，哪怕就一小会儿，回到十岁前的我和我们，开开心心纯纯粹粹。

永远忘不了，

爸爸醉酒的那个晚自习

↓ 其实妈妈不在的日子，不仅仅是我，爸爸也和没有根的浮萍一样，总是觉得家不像家，空荡荡的，爸爸总是很晚回来或者压根不回来。爸爸尝试着通过喝酒来排解心里的孤寂，直到有一晚他喝多了。那天和往常一样，我还是怕黑，下了晚自习回到家，发现爸爸眼睛红红地坐在地下室，我跟爸爸打了招呼后，就回到了自己的房间。忽然一想，刚才打招呼时，爸爸竟然没看我，于是赶紧跑下楼。这时，爸爸已经躺在地板上，从他的呼吸中我闻到了酒味儿，眼睛也红得很厉害。我试着去扶他起来，可是爸爸先是不理我，然后开始骂我，后来骂得特别难听。我委屈地哭了，又害怕爸爸生病，于是边哭边拉，可是就是拉不动。

我尝试着请邻居帮忙，邻居家是做生意的，刚走到门口，邻居叔叔准备关门。我跟邻居求助，说："叔叔，爸爸爸喝多了，现在躺在地板上，我自己扶不起来，您可以帮我把爸爸爸扶到楼上吗？"邻居叔叔说："不好意思，我这边刚卸完货，还有很多事情要做，比较忙，喝醉酒很正常，我也经常喝醉，就让他躺着吧。"转身就把门关了，我眼泪控制不住地往下流，然后我接着又去敲另一个邻居的门，没人在家。

后来终于敲开了一家邻居的门，开门的正好是我的同学，我跟她说了这个情况后，忍着眼泪，带着请求和期待请她爸爸帮忙，没过一会儿他爸爸就出来了，跟我一起来到我家。一进家门邻居叔叔就听到爸爸爸在骂我，叔叔说道："你骂孩子干什么，孩子刚下晚自习，看你喝醉了就一家一家敲门找人扶你去楼上，别难为孩子了。"说着就把爸爸扶到卧室，并交代给我要烧点热水，给爸爸擦擦，说完就走了。

我拿了一个大盆，爸爸吐了我就用盆儿接着。爸爸还是老样子，吐的同时还不忘骂我，我一边哭，一边去倒盆里的呕吐物。过了一会儿开水烧好了，我把开水倒进了另一个盆里，准备端上楼给爸爸擦脸，可是我端不动，只能上一个台阶，端一下盆儿，再上一个台阶，再端一下盆儿。就在这时，住我家对面的邻居姐姐，姐姐一把把我抱住，说道："妹妹，你太可怜了。"我的眼泪在眼睛里打转，说："没事没事，爸爸就是喝醉了，吐了一身，我得赶紧给他擦擦。"好心的姐姐帮我把盆儿端到楼上，给爸爸泡了醒酒茶，一直陪着我，等到爸爸清醒后才离开。

爸爸跟我说了很多心里话，他很害怕妈妈不在的日子，家里的冷清让他不想在这个家待着，我好像懂了一点爸爸的痛苦，也不埋怨爸爸骂我，第一次感受到爸爸像个孩子一样，也会害怕寂寞。他说着说着就睡着了，我趴在爸爸的床边看着他也不知不觉睡着了。早上醒来我给爸爸买了一碗粥放在床边的小桌子上，留了一张小纸条，就去上课了。

我始终记得小时候爸爸对我最好，他在这么多哥哥姐姐中，只会带我去旅行——去芙蓉镇坐船还给我买纪念品；会带我去参加他们医院举办的舞会，而我是那个幸运的小舞伴；会带我去爬山，背着我去山的最高处赏无限风景；每次妈妈揍我，他都想尽办法哄我开心。

这次爸爸醉酒，我似乎更能感受他的无奈。本来过年是想留妈妈不要走，只可惜没留住，谁都没有想到，妈妈这一走，就真的没有再回来。

原来每个选择都会有很多不一样的结果，爸爸从妈妈决定要去南下打工的态度里收获了失望；天生怕黑的我也是，如果我把我怕黑的经历告诉妈妈，也许她就不走了。毕竟我从小学 4 年级开始就是自己给自己买衣服，零花钱都算计着用，妈妈总是托人给我带钱，偶尔也托人给我写信。读着信，想象着妈妈的模样。所以妈妈提出要南下打工的想法时，我不希望自己是她的绊脚石，更希望自己是一个懂事的孩子。

停电的夜晚，→→
蝙蝠飞进屋里

↓ 妈妈离开的日子，很多东西都变得不一样。外婆看我太小，照顾了我两年，在我上初中之后就回到家乡照顾表哥和表弟去了。外婆是一个很好的人，她教会了我慷慨、温和、勤俭节约，至今也是我很爱的一个老人。她会在冬天给我捂脚，在下雨天给我送伞，考试时给我送饭——很感激她照亮了我的生活。

可是两年时间很快，小学六年级外婆就回乡下了，我的生活开始发生了很大的变化，经常一个人住在四层的小楼房里，哥哥姐姐全部在外面工作，偌大的家就只有我和爸爸。妈妈离开后，爸爸更加忙于工作，我有时候一周也见不到他。我只有我房间和大门的钥匙，其他楼层都锁着，那段日子也是我现在回忆里最黑暗的日子。我住的小镇经常停电，我家又是很早以前修的房子，厕所在地下室，所以如果我要上厕所就要从四楼走到地下室，路过无数个可怕的阶梯，小时候在没人的家里上厕所是我最害怕的事情。我家对面就是医院，让我经历了很多现在回忆都觉得害怕的事情，也是这些事情让我现在变得更加顽强。

　　我看着一部有点恐怖的电影，看到一半的时候突然停电了，我吓得说不出话，喊爸爸也没人在，我不清楚爸爸房间的蜡烛和打火机在哪里，从爸爸房间到我房间的路显得格外地漫长和艰难。看着周围邻居家慢慢一个一个亮起来了，我就放肆地哭，心里想如果妈妈在该多好，一定会给我点亮一盏灯，抱着我说不要怕。我用尽全身的力气好像也只能走到爸爸房间的窗户边，看着别人家的灯光，我的眼泪跟断了线的珠子一样，嘴上一直轻声喊着妈妈、妈妈。就这么哭了很久很久，家里还是没人，最后咬着牙闭着眼睛跑到自己房间，摸索着找到蜡烛，边点边哭。

　　突然有一只蝙蝠从没有玻璃的窗户飞了进来，在我房间乱飞，蜡烛忽明忽暗。所有恐怖的画面都在我脑子里出现了，我整个人都僵硬了。我的房间很小，床比较大，蝙蝠翅膀发出的声音让我瑟瑟发抖，紧接着背部和额头开始冒汗，大颗大颗的。小镇的街道格外安静，好像全世界就只剩下我和这只蝙蝠，还有忽明忽暗的蜡烛。我只能在心里不停地祈求蝙蝠快飞出去，快飞出去。也不知道过了多久，蝙蝠终于飞走了。我喘了口气，赶紧下床吹灭了蜡烛，用被子蒙着头，不停地告诉自己，没事的、没事的，只是这只蝙蝠迷路了，老师说了蝙蝠是好的……后来迷迷糊糊睡着了。

第二次让我恐惧的黑夜来了，那天我都睡着了，半夜被撕心裂肺的哭声吵醒。我睁开眼睛，发现床上有很多奇怪的剪纸投影。打开灯趴在窗户上一看差点吓死，我家对面是医院，左边就是一个三岔路口，正对的路口是一个酿酒厂，门口摆了一口棺材，他们家的人在哭，大门上挂着各种祭奠死人的剪纸，被灯一打，刚好印在我的床上。我吓傻了，喊了几声爸爸，还是不在家。我又不敢一直开灯，怕爸爸回来骂我，爸爸说要节约用电，所以只能关了灯，躲在我房间的门后面裹着被子睡了一夜。成长的黑暗没人帮我阻挡，我只能自己去面对，至今回忆起来还是觉得自己特别勇敢。

　　可能很多人都没有黑夜恐惧症，小时候的我是有的。后来，上了初中要上晚自习，当时最希望的就是晚自习可以上到天亮，因为我害怕回家时天黑。我家距离学校只有五分钟的路程，但是下了晚自习回到黑黑的家，那种被黑夜吞噬的感觉很可怕，喊一声在一个偌大的房子没人回复，家庭的温暖对我来说好远好远。还有不定时的停电，黑夜带来的恐惧对我来说太多太多。那个时候我也恨过，为什么自己要过这样的生活，可是每次妈妈打电话了我又不敢说，只敢说好、我一个人特别好、我学会了做饭，从来没对妈妈说我搭着板凳给自己做饭、用电饭锅煮一顿饭我要吃三天、我每天都吃鸡蛋和豆腐——其他的菜我不会做也做不好，时间也不够。

那个时候我们也没有手机和电话，最让我印象深刻的就是，有次做饭没有液化气了，我去医院每个办公室找爸爸都没找到，只好饿着肚子去上课，关系好的同学给我分了半碗饭，爸爸给我的零花钱只够我吃早饭。后来我又去医院对好多医生说，让他们转告爸爸家里没液化气了。爸爸知道后内疚了一阵子，给我办了卡，让我以后在医院吃饭。可是我们上学有时会拖堂，好些次我去医院都没菜了，只能吃点菜汤拌饭。后来发现还是不行，我各种争取终于可以在学校外面买饭吃了，当时特别开心，如果有时光机，我回到那时候，看到那时候的自己，我一定会给自己买块糖，告诉自己含着会让生活变甜的。

虽然黑夜让我很恐惧，但是我那时候还是有最开心的时光——每周末去外婆家。其实爸爸对我也没那么差，有时候会在我的房间里放一个大苹果或者大梨子，我都舍不得吃，走 2 500 米的路，悄悄带给外婆，偶尔会用攒的零花钱给外婆买块蛋糕、买块肉。

去外婆家的路上，春天可以看到大朵大朵的映山红，秋天有金黄的稻田和稻香，我总是蹦蹦跳跳，顺手摘几朵路边的小野花，老远就喊："外婆我来啦。"还能和表哥表弟去摘蘑菇、板栗，帮外婆种土豆、摘玉米。外婆总是把自己藏了很久的腊肉，拿出来做给我们吃，我和表哥、表弟三个人争抢食物的日子也格外开心。每次看着外婆吃完我带的礼物，特别开心，比自己吃了还开心。我的外婆今年也快 90 岁了，每次去看望她都握着她的手，她成了那段时间里我的支柱，让我没有变坏，没有变得郁郁寡欢，让我换个角度爱世界、爱世间万物。

换个角度爱世界

叛逆时期 → →

遇上年轻后妈

↓ 爸爸醉酒事件后，我和爸爸更加害怕家的冰冷。第二年的一天晚上，我正准备洗澡，一个年轻女人抱着一个孩子出现了，爸爸告诉我们这是我们新的妈妈。这一幕，我好像很早就知道会发生。而一旁的哥哥姐姐则投票争论要不要接受这个后妈，他们认为爸爸最难搞定的应该是我。

我哭了，哭着给妈妈打电话，妈妈在电话那边叹了口气又故作轻松地说："就这样吧……"哥哥姐姐把目光转移到后妈怀里的孩子身上，爸爸说，这个小妹妹是他和我后妈领养的。虽然小妹妹很可爱，但是我内心还是会抵触后妈。

那时候几个要好的同学，父母离异，又各自结了婚。同学们跟我说，后妈特别可怕，会接管家里的财政大权，不会给他们零花钱，还骂他们的奶奶，对他们也是吹胡子瞪眼，没一句好话。我当时也正值叛逆时期，内心的抵触和叛逆让我对后妈印象很不好，可是自己又害怕家的冰冷，非常矛盾、非常纠结。

爱世界万物

爸爸因为要让后妈进门，所以给了我很多以前没有的特权：给我钱让我去买心仪的衣服；给我买补品；允许我带同学回家；允许我周末去同学家玩；无论我考怎样，都允许我上高中。但尽管如此，我还是对后妈保持高度警惕。

慢慢地，我放学回到家，后妈已经把饭做好；家里停电了后妈会把蜡烛点亮；考试成绩不好，后妈会在旁边关心。尽管我嘴硬说："我妈在的时候都不看我成绩，你凭什么看？"但，我的内心在矛盾和警惕中慢慢接受了这一事实。

和后妈关系的转变，主要是因为一件事情。一天晚上，我们都在家里吃饭，门外突然闯进一个男人开始各种打砸。我当时要借邻居电话报警，结果邻居让我去找我爸，到医院时才知我爸正在做手术。情急之下，我选了邻居里一位身材魁梧的叔叔和我一起回家。回来的路上，我跟叔叔说，如果那个男人要动手打我，您就帮我打他。到家后，后妈正坐在地上哭，身上的金项链也被扯断了，家里的门也坏了，我走上前一把抓住那个男人的衣服，我骨子里的狠劲和坚毅的眼神可能让他有些讶异，后来才知道他是我后妈的前夫。我更加生气：离婚了还到我家闹。我和叔叔就这么把他拽到了派出所，后妈一直跟在我们身后，派出所说这个是民政局管的事情，我们又把他拽到了民政局，结果全校同学都知道我有后妈了，因为民政局就在学校旁边。这时候爸爸赶过来了，我当着爸爸的面对我的后妈说，"不管是谁，跑到我家欺负人就是不行"。说完后我就去上晚自习了。

那时候，我在班里担任副班长的职务，学习成绩好，老师也很喜欢我。走进教室，发现很多同学都在议论我的事情，我很大方地告诉大家，我有后妈，而且对我也很好。他们就都不说话了。

哥哥嫂子得知家里出事都搬回了家住，爸爸和后妈对我那天的表现很惊讶。那天的日记里，我写道："我的后妈其实也没那么坏。"在一起生活的人多，就会有摩擦，而我总是站在后妈这边，没少受我嫂子欺负，但是这种在夹缝中求生存的日子让我学会了察言观色。

我上的高中在县城里，那个时候的我对穿着不是很讲究，只知道得体，更不懂服装品牌。到了县城后，发现很多同学开始攀比衣服的品牌，还拉帮结派。刚入学的时候，我的成绩在班里是拔尖的，可总是会受到班上男孩子的骚扰和县城里女学生的欺负，我内心感到很自卑，不能专心学习，成绩开始下滑。后来和我一起从小镇来的小伙伴，她的父母给她报了音乐学习班，当听到她跟我说完学习后的感受，我也特别想像她一样，幻想能学习自己喜欢的画画，可是鉴于我家这种情况，不知道该怎么开口，于是我试着写了一封8 000多字的信寄给了爸爸。现在回想起来，我当时把内心最真实的想法告诉了爸爸，虽然理想没能实现，但我从未后悔写这封信。

后妈可能有千万种，但我觉得我的后妈挺好的，会为我着想。后来我出嫁，后妈全程帮忙张罗，我嫁出去的那一刻她哭得很伤心，我回来她会做我爱吃的菜，做多少个都觉得不够，甚至还说以后我有孩子要帮我带一阵子。

成长的路上有很多荆棘，我的腿摔破过，但结了疤就好了。很多半路出现的人，拉了我一把，慢慢变成了亲人，没有多少偏见，把内心最初的善良分给彼此，牵手前行，多一个亲人，多一份惦记。后妈，感谢你，把我照顾长大，把爸爸照顾好！其实冥冥之中，你和小妹妹早已是我的亲人，没有隔阂，和其他亲人一样亲！

没人送行的上学之路 →→

和第一次坐火车远行

↓ 考上大学对很多家庭来说是件特别好的事情，对我家却可能有点苦涩。爸爸和后妈尽自己可能履行他们让我上高中的承诺，于是上大学成了全家人头疼的事情：爸爸收入很有限，有一家人要养；妈妈打工收入也有限，只够我的生活费。高考毕业的那个夏天，我坐上了去深圳的车，连我自己也觉得我可能不会上学了。

我去了姐姐的公司，做一个小小的业务员。小时候以为自己拥有超能力，可在深圳这个大城市，在华强北这个电子国度，我渺小得如同一只蚂蚁。

姐姐故意安排了一个清华法学系毕业的小伙子和我做搭档。我看不懂各种英语合同；也记不清每个产品的英语名称；去见客户时只有胆怯和害怕。我每天坐车上下班，就好像迷失了一样，姐姐上班就带过我一次，后来就自己坐公交，自己去办公室，好多次我都走错了。一天下班，我追上姐姐坐的公交车，问她："那个清华大学毕业的少年，他姐姐会对她失望吗？"姐姐说："我对你也很失望，大学都没读。"我向姐姐敞开了心扉，说了我想象的未来是什么样子，说了我对大学的渴望，后来姐姐咬牙说："你去上大学吧，学费我掏！"

我带着暑假打工的钱坐上了回家的车。那个时候很多学校都开学了，我在姐姐的鼓励下去上大学，姐姐出学费，妈妈出生活费。爸爸和后妈交代我一定要好好学习，不要辜负来之不易的学习机会。本来有个同学说和我上一个大学，临时又不去了，他们家安排她去了邮政大学，上学路上就只有我一个人了。

我依然记得那天我带了 10 元钱在公用电话亭打电话，给所有可能会送我的人都打了一遍电话，电话的那头全部是不行。我打到电话亭关门，外面下了很大的雨，跟我的心情一样。这时侄女拿着伞来找我，我哭着回到家，把整理好的行李简化，只带了一个小包——爸爸要上班，后妈得照顾小妹妹和侄女侄子，家里肯定没人送我。

我当天哭到很晚，在日记本上写了几个字："绝望透顶就是希望"。第二天我洗漱得很精神，把爸爸给我的车费、录取通知书和一点简单的行李带上，说实话我其实很怕，可是我又怕爸爸后妈不放心，于是就假装很镇静地说我要去读大学了，就出发了。

上了去张家界的车，我都不知道火车站在哪里，就开始在车上问有没有人去火车站。一位小哥哥说他去，我介绍了下我要去读书第一次出远门，希望可以跟着他去买票、乘车，结果这个善良的小哥哥特别好，带我去了火车站教我买了车票。我记得我拿着录取通知书买票去湘潭，当时买硬座还给我半价，只要几十块钱，我特别高兴。小哥哥坐的车发车时间比我早，他交给我怎么坐火车、怎么区分车厢、怎么"捍卫"自己的座位等技能，还给我买了一瓶水，让我不要跟其他人随便说我是自己一个人。至今也特别感谢他，虽然之后没有联系过，但是还要感谢陌生人的善良！

我当时身上有一千元左右，担心钱被偷掉，于是自己就开始琢磨，在厕所把左边鞋垫下藏几百，右边鞋垫下藏几百，每个兜里都放了点钱，心想着万一东西被偷了，自己得买票回家。然后带着欣喜、期待、害怕等各种复杂的情绪出发去湘潭，一路上也不敢睡，紧紧抱住胸前那个装着录取通知书的包。

　　车上有一些家长送孩子，对面一家人就开始问："一个人上学呀，是大二吧？我们全家都来送孩子上学，怕孩子累给买的卧铺。""不是呀，我是新生去报道。""怎么一个人？家长也是心大……"本来我一路挺好的，他们这么一说，觉得有点委屈，眼泪噼里啪啦就掉下来了。他们其实也很善良，就说："别哭别哭，你要上厕所我们帮你看行李。"我就期盼着车能快点到达湘潭。到达湘潭的时间是凌晨5点，我在火车站候车室等到天亮。出门看到一个新的城市，更开心的是还有一个我们学校的学长接新生。原来今天是接新生的最后一天，还好我赶上了，满心欢喜地在学长的安排下到了学校。

　　坐了一天一夜的火车，我的白色衣服脏了，加上天气很热，我看起来脏兮兮的。学生会学长，特别热情地招呼我吃早饭，莫名有点喜欢大学的生活。吃完早饭后，很开心地准备去宿舍，后来听说要拿着交费单据才能换取钥匙，于是我在学校旁的ATM机查了一下，发现我的账户为个位数。我着急了，害怕了，慌了。该怎么办呢？我在公用电话旁，一遍一遍地拨着姐姐的电话，后来才想到姐姐周末不在内地。这时我胆怯地敲开了教导主任的门，将情况说明后，主任给我开了一份证明，我才拿到宿舍的钥匙。

我特别感谢姐姐，她让我圆了大学梦；也很感谢我的大学，让我学会了自信。我在迎新会上加入学生会的文艺部，一年后就被选为副部长，虽然没学过舞蹈，但是热爱就能做好很多事情，我的大学生活也因此变得异常充实和有趣。大学期间，我做了很多兼职，赚取生活费。我忘不了在湘潭周边乡村做失业调查，被狗追着跑了很多条路；我也忘不了在酷暑里给学妹学弟办理联通电话卡；最让我难忘的是大二去工厂流水线做月饼包装，一个晚上可以把一万个月饼放进包装盒里，以至于现在还能很骄傲地说，什么高级月饼我都吃过、什么高级的月饼包装盒子我都见过，因为我们那个月饼公司合作的客户多为五星级酒店。

　　每段成长的经历都是有意义和原因的，它让我变得越来越好。

让阳光透进生活，→→
从黑暗走到明媚

⬇ 不知道你有没有这样的经历，怕黑夜的来临，那种寂静又压抑的黑夜，能听到一根针掉在地上的声音，能听见远处的狗吠，能听到自己的心跳。我整个初中时光都在怕黑，都在幻想没有黑夜，都在等待有人可以推开我的门，给我一个拥抱。在这样的期盼中成长，然后黑夜有了缝隙，阳光慢慢地透了进来。

　　成长总是伴随着很多我们不希望发生的事情，在经历的过程中，慢慢发现自己是如此渺小和平凡。等到我现在回头看，发现那时的困难和考验没有让我变坏，却在我皮开肉绽之后给了我成长的礼物。

　　随着年龄的增长，我开始慢慢和亲人和解，我开始把儿时那些仇恨慢慢地碾碎，让它们随风飘散。我永远记得姐姐说："全中国这么多人，过年过节我们能在一张桌子上吃饭，是一种多么难得的缘分，为什么不珍惜命运这些奇妙的安排，试着去用心对待不喜欢你的家人？"我开始放下敌对叛逆的姿态，我开始不求回报地为家人做些什么。

慢慢地，我的心越来越温暖，阳光慢慢地透进我的生活。2016年春节，我拉着亲妈的手让她去看看生病卧床的爸爸，他们见面的那一刻，后妈握着妈妈的手，叔叔坐在爸爸旁边拉着家常。妈妈对爸爸说："我们不用再敌对了，虽然婚姻闹得不愉快，但是缘分就到这里，我们没必要彼此憎恨，毕竟一起走过那么多艰难的日子，现在也找到了更适合彼此的伴侣，我们之间本来就不应该有仇恨。"爸爸露出了一个久违的微笑，嘱咐叔叔包容妈妈的暴脾气，后妈也说着这些年的心里话，没有必要把仇恨带进以后的生活，因为我都是他们独一无二的女儿，不能让我再因为去妈妈家还是爸爸家为难，不用再小心翼翼地猜着每个人的情绪生活。坐在旁边的我，泪水止不住地流，这些泪水清洗过这些年成长的提心吊胆，洗净了成长中的伤痕和遗憾，看到了爸妈分开也有更好的未来。

当阳光彻底照亮我父母的时候
我的心也更加柔软和温热了
我可以更加轻松地向前走
对黑暗的恐惧变成了一粒尘埃
被我丢弃在飞翔的途中

3

职场磨砺

我的工作

→ →

从坐在工厂门口招聘开始

↓ 职业之间的距离有多远？从坐在门口招聘的招聘专员到全世界旅行的职业旅行家，我花了 6 年多时间。对于今天可以做自己喜欢的事情，我心里充满感激，感谢一路走来帮助过我的所有人，还要感谢努力的自己。站在每一个繁华的路口，走在震撼的风景胜地，回头看每一份工作时我都不后悔，因为每份工作都成了我现在大步向前的动力和基石。

　　我的工作经历很多，最早的一份工作是上大学时。那时我在湖南湘潭的一所大专院校学习工商企业管理，专业是人力资源（现在我已经拿到了东北财经的本科学历）。大一的暑假，其他同学去了广州一家月饼工厂做月饼，而我因为太想妈妈，就一个人去找妈妈。那个炎热的假期，我去了妈妈打工的地方，见到了久违的妈妈，当时妈妈自己打工赚的钱很少，所以更没办法帮我。为了帮妈妈也帮自己，我第一次走进人才招聘市场。

现在回忆起来，还能感觉到自己迈出第一步时的勇敢和自信。当时我还是一个懵懂没有任何准备的女孩，人才市场求职者特别多。那天我花了10元钱在人才市场交了入场费，在简历上写上了我申请的工作和以往经历。看着不同公司招聘位置上那些高高在上的HR们，我就想以后我也要坐在这里招聘别人！因为我还是在校学生，所以最高学历只能写高中，于是硬着头皮把觉得适合的公司和职位都试了一遍。结果第一次就出师不利，被人无情拒绝。但我并没有气馁，而是一个特别善于吸取失败经验的人，整理了一下情绪后继续投简历，终于在第三次我成功了：1 200元月薪的办公室文员，包吃住3个月试用期。

我特开心地跑回妈妈公司，拿着妈妈给我准备的简单行李——被子、席子和水桶，一个人出发了。坐车再换乘轮船终于到了工作的地方，当同学们在包装月饼的时候，我在一个磨具制造厂当上了文员。暑假过得很快，我一共赚了2 300元，把一小部分给了妈妈，给自己买了一部手机，然后坐上车去同学们打工的月饼厂找他们。听着同学们讲集体打工的趣事，有些后悔没跟他们在一起，但是我赚得比他们多，而且工作也轻松很多。

假期总是很短，转眼又到了开学时间，在迎接新生的那几天我成为学校联通卡的推销员，从早上8点工作到晚上8点，为愿意使用联通卡的新生办理开卡手续，每张卡赚10元钱。在当时，联通卡不好卖，一个原因是信号不好，另一个原因是当时移动卡有周杰伦代言。9月的湘潭热浪滚滚，我穿着联通T恤卖力地向学弟学妹推荐联通电话卡，虽然累但是很开心，因为我喜欢和人打交道，每天还能挣200元左右。

周末我会去周边农村搜集失业青壮年人的信息，一天有 80 元钱还能吃顿好的，而且还有车送，只是好几次被狗追着在田间奔跑。虽然辛苦，但是和小伙伴在一起干得特别开心。

转眼就到了大二暑假，我决定和同学们一起去月饼厂做月饼。特别感谢这份工作，让我知道必须不断提升自己的能力，才能选择更好的工作。因为我当时上大二，大一的学弟学妹可以上白班，我必须要上夜班，晚上工作 11.5 个小时，全程站着，还有监控和工头，上厕所都要请假。半夜 12 点可以吃顿饭，凌晨 4 点左右可以申请 20 分钟去吃月饼。但是真的超级累，腿也特别疼。我的主要任务是做月饼外包装，所以见过各种星级酒店的月饼包装盒，包括喜来登、威斯汀等。不过值得一提的是，我什么月饼都吃过：燕窝的、鱼翅的、干贝的、炭烧蔓越莓等。当时看着五星级酒店的月饼，感慨月饼盒子的高级和华丽，没想到现在自己可以住五星甚至超五星的酒店，而且会和酒店的 PR 成为朋友。现在有的酒店会为我准备欢迎卡、甜品、香槟、鲜花，甚至在枕头上绣上我的名字——我还能带走，这些真的是以前做梦都不敢想的。不过通过当时这份体力工作，让我深深觉得往后的每份工作都特别好，而且我自己必须努力，才能选择更有趣的工作。

大学时光真的很快，转眼就到大三下学期，老师让我们出去实习，6 月回校答辩。我把我的行李、衣服整理了一下，卖给了学妹，赚了 500 元，买了一个行李箱，就选择去广州找工作。潜意识里觉得，过年期间一定有很多岗位缺人。就这样我再次信心满满地走进了人才市场，这次我可以做我专业对口的人力招聘了。于是我干得最长的一份工作开始了，在 2 年的时间里我从一个门口招聘专员做到培训专员，最后成为企业文化专员。

广州电子工厂的人流失很快，我每天需要在门口招聘新员工，紧接着安排新员工体检，然后进行简单员工培训，之后分配宿舍，最后还要把所有员工资料录入系统，这些工作全部在一天里完成。看着很简单，但其实并不简单。我最多的时候一天招聘 120 个人，全流程走完，嗓子都哑了，很多时候晚上要加班到很久。

那时公司和我年纪差不多的文员都在办公室里，有空调开着，冬暖夏凉。周边其他公司招聘专员都是两个人，一男一女，但是我们公司人力不够，所以从门口招聘到安排都只能我自己完成。更糟糕的是，门口招聘遇到的人很杂，经常会遇到各种乱七八糟的人，有时候还得叫保安。所以在这个过程中，我学会了快速识人。

夏天的广州不太好过，我长时间在外面工作，公司最多给配一把大的遮阳伞，我经常被晒中暑；赶上刮台风的话，一不小心就变成落汤鸡；冬天的广州总会刮几天大风，天气非常冷，保安大哥们都看不下去了，借给我厚外套裹着。就这样，我坚持了 3 个月就去人才市场招聘了，实现了我想在人才市场招聘的目标。

大多数时间我还是在做一些基础工作。但我渐渐开始在招聘经理问求职者问题的时候学习一些技术方面的知识。走在公司里，大部分人都认识我，因为是我招聘来的，后来我们厂长和我开玩笑说，我比他还有人气，大家见到我都会打招呼。

大概就这样过了一年，我发现不能一直干招聘，因为职业发展有了瓶颈。当时人力资源部也在扩大，我带了徒弟。外出的时间少了，于是我去图书馆借了一本 CorelDRAW 书，大概 400 页，开始自学排版做报纸。

　　之后我开始写稿子，等我搞出一版内容后，不小心被领导发现，领导们觉得可以做个企业内刊了，于是我的职位也就变成了企业文化专员，每个月都要出一刊企业内部杂志。还记得第一次样刊印刷出来的时候我特别骄傲，往后的每期样刊我都保存着。此后开始做企业文化的建设、做各种晚会的策划，没人报名我就自己既当主持人又当表演者，经常晚上回家还在练习舞蹈，结果效果意外地好，我竟然会拿到第一名。慢慢地自信心也培养起来了，做了十几期内刊，也策划了总经理和员工每月面对面的问答环节。慢慢地一切都走上正轨，我发现自己再次遇到瓶颈，于是在要拿年终奖前的一个月，我提出了辞职，去挑战其他的工作。

　　回想初入职场的日子，不管怎样，都要感谢每个工作中的成长，有主动的成长也有被动的成长，那时的我也迷茫得不知道未来可以干什么，甚至当时在想我一辈子可以挣到 10 万元钱给我妈吗？想做些什么却又发现自己无比渺小，觉得力量很微弱。不过在这个过程中，我选择了不停地学习，不停地挑战。很多人都不明白我的脑回路——一直在折腾。就是在这个过程中，我慢慢发现了自己擅长和喜欢的，慢慢地找到了自己的梦想。记得当时的梦想是，可以有一个自己的小家，家里贴着自己的照片，放着自己喜欢的心爱之物，打开冰箱可以喝酸奶，水果可以随便买——不管是榴莲还是芒果，还能存一笔自己的钱。在此必须偷偷告诉大家，工作的前五年我都是月光族甚至还欠账。但是熬过了这些迷茫又无奈的成长期，找到自己想要的生活后，你会发现你的人生简直开了挂！所以如果现在不是你要的生活，不要着急，不要慌，不要原地不动，勇敢做选择，选择那些让你向往的生活吧。

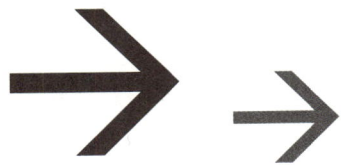

第一次跳槽和初次接触微博 →→

——从慌张到爱上

我和微博不得不说的故事

记得第一份工作时的经理跟我说过一段话，我觉得特别适合职场新人，这里忍不住要分享给大家："如果你现在的工作能给你带来这三样东西的话，就努力坚持——一是学到东西；二是交到朋友；三是赚到钱。如果能带来这三样就继续，如果不能，就一边努力一边寻找新的机会。"

在发现第一份工作已经没有办法突破时，我选择了寻找新的机会，仿佛冥冥之中注定，就与刚刚开始流行的微博相遇了。在那年春节前，我跳槽去了一家通信公司，做媒体和微博运营。虽然当时我完全不懂，但是想给自己一个机会，而且当时的工资是翻倍的，于是我的决定坚定。

去了新公司后，工作上没人教我，我需要从零开始学习。那时候我是个不折不扣的微博新手，刚学会如何操作微博后台，到公司第5天就赶上公司年终大会，需要在大会上展示一个微博滚动大屏幕。我没做过，也找不到人教我，在一团迷雾中我绞尽脑汁想了个非常蠢的办法，就是发了大会相关微博让大家评论，然后把评论一条条截图，让技术做成滚动的页面。现在想起来觉得自己蠢爆了，但是不管怎样，在什么都不懂的情况下找到了一条出路，结果竟然有惊无险地搞定了。

当时的公司是一个一万人以上的大公司，在通信行业也非常知名，第一次大屏幕侥幸过关，让我知道了如果不深入了解微博的玩法，那么我很快会被淘汰！

于是我自觉开始看各种微博的白皮书，积极加入各种微博的官方群，而这个举动改变了我后面的人生轨迹，包括认识了我现在的老公，也包括我现在做的全职旅行家。

当我好不容易弄懂了微博各种玩法，开始能够自如运营微博的时候，新的工作来了，这就是媒体工作。我需要把公司和各大手机品牌发布的新款手机等新闻推送给各大纸媒，另外还要做好线下活动邀请。新的工作让我手忙脚乱，因为从没做过媒体工作，又要从头来过，所以我就只能很真诚地给记者发短信打电话邀请。

很快第一次线下活动在我们的一个旗舰店举行了，当时邀请了媒体和我们一起坐车过去，车上大家一眼就看出我是新手，对我很冷淡，而他们都是非常熟悉的朋友。到了目的地，因天气太冷，其中一个女记者冷得瑟瑟发抖，我就去门店向员工借衣服给她穿，这个小小的举动让一起去的记者都对我留下了好印象。

我去给她找衣服时，经理对这个举动不以为然："都给他们车马费了，没必要管他们这么细。"我嘴上说好，紧接着利用去上厕所的机会给记者借到了衣服。我的想法很简单：我发现了有人有困难，如果可以帮助他们，去做就好了。很多时候商业合作是商业合作，但是举手帮忙的事情我能做还是会做，没想过别人会感谢我，只是内心想做。那次活动我还出钱给大家买了热饮料，因为我希望工作在和谐舒服的环境中完成。

我发现这个原则很通用：所有对别人的帮助都是在攒人品，当你人品爆发的时候，你就"开挂"了！我当时在微博上加入了各个企业小编的群，因为经常研究微博规则和白皮书、活动后台等，在这些方面比较擅长，就经常特别热心地帮助其他群里的企业小伙伴，也会为不认识但是在相互寻找的企业小伙伴相互介绍，我现在理解，这就是攒人品。

顺境和逆境总是此消彼长的。由于工作越来越顺畅，我和公司各大部门的人就越来越熟，越熟就越有人气，但是这样对同部门的比我职位高一些的领导就构成了一些威胁，以至于后来我在傻乎乎不知道为何的情况下，同一篇新闻通稿被要求改了10遍。

我也意识到了问题，很发愁，上面说到的那些记者朋友知道后，都帮我写，现在想起来还是觉得很感动。但是问题不是出在谁写的身上，是出在我如何和我上面一级的主任相处的问题上。

上一级主任虽然是非直属领导，因为我当时是个副主任，直接和经理汇报，但是关系搞不好就难以开展工作。我思索了很久，因为我本来也不讨厌任何人，而她也不是什么坏人，她的家里条件非常好，工作是打发时间。于是我很真诚地和她沟通，承认了自己很多地方的不足，以及对她的尊重。推心置腹之后，也交到了一个朋友，我甚至很荣幸被她邀请去了她豪华的家做客吃饭，总之解决了这个问题之后一切都很顺畅了。

这份工作让我发现了一个无比大的世界和很多优秀的人，我一边和他们交流，一边在寻找自己内心的梦，那个想去大山外面看一看的梦、那个想环游世界的梦在心里发芽。我没有钱，于是我就做了一个账号，把千千万万个朝九晚五上班族的我们，内心想要旅行的我们的感受发布出来，去寻找全世界的各种美景，一起去勾勒想象中的旅行，微博给我的想象插上翅膀越飞越远。

6

我从慌张接触微博到爱上微博用了 6 个月的时间，通过大量浏览微博上的信息，知道了很多人做的事情就是我向往的，很多人的生活就是我梦想的。就这样，微博成为我看大千世界的窗口。

来北京我竟然做了 →→

什么都不懂的电影

↓ 其实在离开广州和来到北京的中间有一年多时间去了长沙，工作上面没有多大的进展，甚至反而有些后退，但是在感情方面我学会了很多东西。从广州去长沙是因为我奔赴了一场恋爱，故事不想多写了，因为是一个飞蛾扑火又毁灭重生的故事。被爱情冲昏头脑的我放弃了让我快速成长的工作，从盲目爱人到学会爱人，这一切为我之后在北京的生活做了很大铺垫，因为我从来没有想过会去北京，一切都发展得太快以至于我被时间推着走了。

在长沙的故事很长，工作中有很多奇葩的事情。曾经在很多同事晒太阳的时候，被一个女同事极其不友好地说我的穿着打扮奇怪，指着我的衣服说是地摊货黑心棉；也曾气得咬牙但是也忍着做着我热爱的微博。和前一份工作截然不同的是，我特别沉默，自己沉浸在一个小角落里，做着我环游世界的梦。

那时候我一个人在默默奋斗着，之前帮助过的运营各种企业微博的小伙伴们开始给力，会给我提供礼物去做微博的活动。那个时候是微博崛起的黄金年代，我一心做着环游世界的梦，一点一点地在微博积攒人气，积攒着梦想……终于我迎来了一次西藏之旅，代价是失业加失恋。当时感觉世界无声崩塌，就像一个巨大的黑洞，吞噬了脚下的土地，我往下一直跌落，看不到尽头。

周围的小伙伴们伸出很多手抓我，我却放任自己往下跌，直到心里的侥幸荡然无存，我突然醒悟抓住小伙伴伸过来救我的手，拼命往上爬，最后终于能够剪掉自己的长发和过去告别。不管经历多么难看，怎么粉饰也是不值的奔赴，但是我并没有放弃全心爱的能力，也让我学会了更好地爱人。

　　恢复的过程每天度日如年，但是对很多人来说不算长，我在最沮丧的时候看着尼克·胡哲的演讲，听着那些激励人心的歌，看着所有和励志相关的东西，然后勇敢地告别过去，走出去参加各种比赛，寻找自信和生活的美好。2个月后我生命中重要的爱人老曹出现，而此时一个北京的工作也伸过来橄榄枝。原来只要你积极向上，生活就不会放弃你，只要熬过最难的一段，迎来的就是美好的未来。

于是一个完全不懂电影的我来到北京做了电影宣传，当时是完全的门外汉，连很多知名导演都不知道，也没有任何媒体资源，但是我就这么挥手和长沙告别。来不及适应北京的干燥，也来不及了解北京城市的故事，我就火速投入了新的工作。以前认识的企业微博运营的小编们有一些在北京，听说我需要北京的媒体资源，就把他们有的一部分资源都给了我，这成了我宝贵的资源。

因为和我一起做电影宣传的姐姐也是自己刚接下电影宣传的全案，所以很多工作我们需要从零开始，特别是媒体关系，我需要一个一个地去拜访，去让大家知道我是谁、我在做什么电影。当时我们做的电影是主旋律的，大咖也不算多，所以对有无数大咖和新片的编辑来说，我是一个不折不扣的小透明。在开始做电影媒体的时候，我真的感受到了北京的大，经常坐着地铁全北京跑，可能会花费3个多小时到达某知名网友媒体的公司，约了很久见到对接的编辑，多的会给我15分钟，少的也就5分钟，简单寒暄就走了。我清楚记得一个资深媒体人说过："媒体资源就像滚雪球，有的人越滚越大，有的人却越滚越小，主要的媒体就是那些，关键看你怎么去'滚动'这个关系。"我深深地记在脑海，在手机备注了每个对接媒体编辑的生日，会真诚地手写生日卡片，会守着晚上问候，真心对待每一个对接的人，尽可能不浪费别人的时间，高效把事情做完。

但是就这样依然没有一个业务是顺利的，特别是媒体对接这个事情，我清楚记得在我工作两个月的时候，半夜11点半接到某家媒体记者的电话，劈头盖脸就是一顿质问"你是谁？你们这个电影我凭什么给你发稿子？我能得到什么……"语气听起来特别不耐烦和烦躁。我耐着性子解释，一边很无奈一边特别委屈。这个记者的邮箱是我提前打了电话之后，他自己给的，估计是半夜在公司受了委屈，找不到人出气，看到我的邮件有电话就打过来一顿骂。我作为电影媒体的新人，大咖骂我是情理之中。当时我对自己说，一定要做很牛的电影，还有以后无论在哪个位置，也不要把坏情绪随便撒在看起来比你弱的人身上，因为每个人都是潜力股。

　　终于在干了半年的时候迎来了第一个大挑战——电影首映，我接待了40多家媒体和60多个人。当时我整个人感觉在高速旋转，忙得口干舌燥。等大家都入场之后，看着媒体把机器满满地架在采访的那一排，密密麻麻的心里全部是成就感。

　　在这期间，我从来没停止在我的旅游微博上分享我对美好世界的向往。等把这个电影做完之后，叫我来北京工作的小姐姐想休息一阵子，我也想学更多东西，因此我就去了电影公司继续做我的电影宣传工作。公司比我想象中清闲很多，闲不下来的我，在做媒体的时候把电影新媒体也接过来做，每天研究各种微博热门事件，自己也学着P图，查阅大量外国摄影师拍的照片，慢慢培养美感。当时的同事还问我为啥要做这么多工作以外的事情，我只是想多学习一些东西，因为我始终坚信学到肚子里的东西别人是偷不走的。所以我想在有限的时间里做尽可能多有趣的事情，开始恶补各种类型的电影，把历史上有名的电影按照排行榜一部一部地看。

学习的过程对我来说就是长翅膀的过程，在此期间我一直坚持着分享我对旅行的热爱和对美好世界的向往，没有节假日、没有怠慢、没有松懈，感觉都变成我生命的一部分了。电影宣传做了两年多，也真的和一些媒体变成了朋友，工作没有最初那么艰难，也越来越顺利，但是内心也有个声音在问我自己：你真的喜欢电影吗？你看完电影能写出打动人心的影评吗？你的灵魂真的在电影这个领域会得到共鸣吗？

其实每个过程都是发现自己内心最想做什么的过程，我在离开电影行业的时候，做了第五届北京国际电影节华语电影新焦点的媒体，那个时候和媒体的关系变得非常对等，在期间见到了很多明星，在现场听到了苏运莹的《野子》，每一句都唱到我的内心，也看到了现场徐峥极力推荐《港囧》，当时在想：徐峥这么一个成功的人为了自己喜欢的事情可以做到这个地步，我还有什么不努力的资格？等做完这个电影节，我就毅然转行，不在电影行业了，当时就想试试自己还能做什么，想去一个新的行业从头做起。

其实还是想说，每个工作都让我有所收获，让我知道每个行业的光鲜和艰辛，也近距离接触了很多明星，让我深深地感受到，每个人都有自己的努力和坚持，也坚信了那句我印在心里的座右铭："所谓大人物就是一直不停努力的小人物。"感谢那些这段时间帮助我的人，也感谢那些看不起我的人，让我更加努力地做着我的梦，而最感谢的正是一直不离不弃的微博粉丝们。

进入一无所知的体育行业，→→
恰逢 NBA 中国赛

我每次换工作都喜欢无缝衔接，不想在家闲着，所以想要离开电影行业时，就把简历传到了网上。一天忽然接到一个电话，让我去工人体育场面试，结果阴差阳错就进入了工体的赛事媒体。身处体育行业会发现，与电影行业相比，体育行业的媒体相对简单、务实一些。不巧的是，我还没来得及熟悉这个行业，就正逢 NBA 中国赛，到新公司头一个星期就感到很大的压力。

距 NBA 黄蜂对快船的赛事开始还有不到半年时间，我们和 NBA 官方人士开了一次线下会议，商定了很多线下活动和媒体宣传的事项。那次会议开得我内心五味杂陈，因为会上对方是全英文交流，同部门英国留学回来的活动执行同事对答如流，而我却只能听个大概，很多专业术语听不懂，这更显出我对行业的生疏和知识的匮乏。为了让自己尽快适应，每天完成工作后，其余的时间都用于看 NBA 的相关报道，努力背诵球星们冗长复杂的名字，用心记忆他们的长相、故事和成就。

距离开赛的前一个月，我们和 NBA 合作的第一场线下活动开启，活动场地定在深圳，活动主题是一个 NBA 球星和学生互动。领导安排我负责将深圳的主流媒体都请到现场。当时的我，脑子如一张白纸，完全没有思绪，再加上我们在北京，那时的网络还没有很发达，本想亲自跑一趟，可是经费又受限，所以难度比较大。

时间紧，任务重。当时，我就想：办法总比问题多。庆幸的是，我积攒了一些电影行业的媒体资源，请他们帮忙介绍了一些体育行业的媒体人，很快这个问题就迎刃而解了。但是这时又出现了很多新问题：

（1）活动场地偏远，活动时间欠妥——场地定在深圳大运馆，时间定在正午。

（2）深圳当地领导换届选举，因为是通过中间人介绍的媒体资源，所以会担心活动当天这些媒体的到场情况。

我梳理了一个工作清单，把每一条需要确认的信息都列入了清单里，一段时间就跟媒体确认时间、人数，把可能发生的意外情况也列在了其中，不知道有多少日睡不着觉，每天都在想还有哪些问题是我没想到的。

活动当天，我的心是忐忑的，是悬着的。我小心翼翼地勾画着到场的媒体，在我勾画最后一家媒体时，眼泪在眼睛里打转，40家媒体没有一家缺席，50几个记者只有两个迟到，所有受邀媒体全部参会，我终于可以松一口气了。活动一结束，我又马不停蹄地收集媒体报道，因为最后活动的成败是看宣传的效果，比如有多少头条、多大版面，电视台放了多少秒的活动介绍。

　　在紧锣密布的收集过程中，跟我一起出差的同事却成了导致我后来在这里工作不开心的重要因素之一。在活动现场，先是对我各种命令和指示，语气让人很不舒服，不过谁让我不懂这个行业呢；在收集报道时，她故意把遥控器扔在地上让我给她捡起来，虽然心里不舒服，但是我选择笑着面对、做好自己的工作。后来领导对我的工作进行表扬，并安排了赛事期间的活动给我。

　　其实我每份工作中都有很好的同事，也会有些咄咄逼人、欺负我的人，究其原因主要是工作报酬。我的想法很简单：无论你是海归，还是名牌大学毕业，你都需要脚踏实地把手上的工作做好，如果可以选择做自己喜欢的事情，一定不要害怕工作做得多，不要害怕吃亏，不要和其他人盲目攀比，因为每个人情况不一样。

就像我和她，我虽然没有留学（其实我无比希望可以去），但是我工作的年限比她长很多，在工作报酬方面肯定有差异。只要你努力做好工作，甚至多付出一些，你会收获意想不到的效果。就像我做电影媒体的时候，热衷于做各种新媒体营销不可自拔，在慢慢磨炼的过程中，锻炼出快速撰写文案的能力；在运营"旅游约吗"微博的时候，浏览了大量的国内外优秀摄影师作品，给自己培养了审美敏锐度，因此在我转行做职业旅行家的时候，不会那么仓促和不知所措。

有了这次做赛事的经验，后面的工作就有了更多把控和信心，只是我在这个公司基本没有朋友，工作清闲的时候大家很喜欢一起聊天八卦，而我却偏爱运营自己的微博账号，我想做更多自己的内容。因此和同事共度的时间少了，自然和大家就慢慢疏远了。

那时候我经常一个人去吃午餐，自己坐在公司食堂的一个小角落，吃完饭后一个人围着工人体育场走几圈消消食。那个时候非常孤独，和我做电影时那种同事之间浓浓的友情完全不一样。好在我有很多天使一样存在的粉丝，有时候心情不好委屈地发个微博，他们在微博上的留言和私信都让我感受到来自世界各个角落默默地爱。我当时就在想，以后如果有机会，我一定要把从他们身上收获的温暖传递下去，这也是我一直没有放弃运营微博账号的原因。

在体育行业工作了半年之后，总监离开了，我也随之离开了，去了韩国写了第一本旅行书，这本书打开了我内心那个向往看世界的"水龙头"。

莫名其妙地 →→
干了半年房地产

↓ 总监离开之后，我也决心离开体育行业。总监临走时对我说："频繁跳槽并不全是坏事，像我有一年跳槽了7次，关键你要经得起改变和挑战。"小小地调整了一阵子，我就再次回归职场，这次我去了某房产公司。

想到这家房产公司工作是因为听说很多新部门有超级诱人的福利，而内心深处最根本的原因是老曹也在这家公司。想和他同在一家公司的我，抱着坚定的决心开始投递简历。10多天过去了，却没有等到回应。就在我失去了信心，开始准备申请其他大型互联网公司的职位时，一个突如其来的面试机会找到了我。

以往的面试中，基本30分钟就会有结果，然而这次面试时间特别久。面试时和面试官天南海北地聊了很多，包括每个工作变换和离职的理由、入职的原因，方方面面都和历次面试完全不同。结束后我觉得自己肯定没戏，没想到几天后接到了复试通知，COO将亲自面试我。记得面试安排在晚上，COO是一个很有气场的人，她不关心我做过的北京国际电影节，也不关心我做过的 NBA 赛事，最关心的竟然是我做 @ 旅游约吗微博的运营情况，问了很多我做"旅游约吗"的心得体会和坚持的原因。我第一次感受到原来我默默坚持做了几年的自媒体账号这么被关注，而且成了我找工作的一个强有力的王牌。运营这个账号竟然填补了我学历不够、大型互联网工作经验为零的缺陷，COO 当场决定破格录用我，按照我期待的月薪，每年按照 15 ～ 18 个月支付。当时的我特别开心：每日三餐全包，吃不完的水果，再加上工作期间还能接受按摩等福利，对我来说这真是一份美差。但是，最让我喜欢的，还是我周围的同事——同事的关系特别特别好，大家一起吃饭，下班参加聚会，就像大学的气氛一样，让我欢喜无限。

愉快的日子总是短暂，仅仅一周后，我的工作就面临一个大考验。沉浸在轻松愉快氛围中的我，没有察觉到之前的工作经验和这次的差异——我其实不懂产品配合、运营，还在用我做"旅游约吗"的经验做现在的工作，直到出了事。那天下班前我正在一如既往愉快地享用自己的晚餐，饭还没吃完就被上司叫了出来，在惊讶和忐忑中被带到大领导办公室。大领导完全没有先兆地爆发了，雷霆暴风般地抛出一连串的问题，我毫无准备，完全懵了。

因为上司没有交代过，所以我当时的回答漏洞百出，结果引发了长达三四个小时的追责。其情其境我从头到尾都是懵的，头一次见识到大领导这么大的火气，至今回想还满脑子都是拍桌子的声音，上司保持沉默，大领导的愤怒被再次点燃，一个循环接着一个循环直至结束。出了办公室我惶然无助，十分沮丧，感觉连工作的方向还没弄明白，各种追责和黑锅就从天而降。

打车回到家已经是晚上 11 点半了，在小区门口中下车，凉凉的夜色破天荒地一脚踩到狗屎，感觉还是特别新鲜的那种，这成了压倒骆驼的最后一根稻草，我整个人都不好了。回到家一进门就躲进了厕所，脱了鞋去洗，越洗越难过……在老曹一阵一阵的呕吐中，我开始边哭边洗，开始思考我适合不适合做这个工作，在对自己的否定中度过了艰难的夜。

但是不管怎样，第二天还是要去公司。就在这样的低谷中，没想到我转角遇到了人生最美好的安排。我想说原来世界上真的有狗屎运一说——上一份工作辞职的时候我去韩国参加一个活动，和另一个自媒体合写了一本书，在韩国发行。当时没说有任何薪酬，只是免费体验旅行、拍照采风。结果就在那个沮丧的上午我接到了活动方电话说给我汇 500 万元！当时我几乎要摔键盘不干了，那种激动开心无法形容，就像天上掉了巨大的馅饼在我怀里一样。我正准备尖叫，并去跟领导辞职，结果下一秒对方告诉我是韩元……我瞬间就安静了，不过坏心情一扫而空，也开始意识到了自媒体的价值，意识到我做"旅游约吗"微博的价值，开始考虑商业运营，也为我后来全职做自媒体点亮了星星之火。

在这家公司的日子有喜有忧，随着继续在公司做新媒体运营工作的深入，我慢慢开始了解大公司的运作、运营和产品的关系，渐渐摸到了门路。不过这里的上司总是指派不清，伴随而来的就是没日没夜的加班，甚至很多工作都白做了。那个阶段记忆最深刻的是，我经常在加班打车回家长长的路上和闺密、家人打电话，他们都会说感觉我声音很疲惫。加班变成了常态，从晚上 11 点渐渐变成 12 点，最可怕一次到了凌晨 3 点。加班很累，而最累的是我上司要坐在我旁边看着我加班，这个过程让我深深感受到身心的折磨。

一路同行： 去想去的地方，做想做的事

让我有了过另一种生活的想法的转折点是，一个周末的早上突然接到上司一通电话，被劈头盖脸地指责，我在被子里哭成了"狗"。老曹看着我说了我一辈子都动容的金句："去做你想做的，挣钱养家我来。"但是他这么一说我就更加想和他分担啦，因此又坚持了一阵子。后来在一个连续上了N个班又加班到深夜没有吃东西的晚上，我没有任何情绪的波动，回到家后，没有一点睡觉的欲望，就是整个人很涣散、很失魂的样子。见到老曹的时候说的第一句话是："我感觉我要猝死了。"说完我就倒在沙发里发呆，老曹吓得不行了，因此又是一阵劝说，让我去做我想做的事情，而且给我分析了我现在自媒体的情况。我吃力地拿出我的小小记账本，把半年来我自媒体的收入翻出来看，吃惊地发现收入远远高于工资了，还相对很稳定！于是，我就此决定彻底辞职做自媒体了。

当年公司年会，我终于独自站在舞台上唱了一首歌。后来我租了一个别墅和部门关系要好的同事举行了"轰趴"，我们几个女生聊到半夜，睡在大大的床上，肆意地吃零食、喝红酒，从我们的小时候聊到每个人的故事，说着说着就哭了。聊到梦想的时候都含着泪一边说一边笑，碰杯说着那些属于我们的小秘密，最后我们约定在我走之后来一场旅行，去异国他乡一起去旅行！有时候工作本身可能不够吸引你，吸引你的可能是那些很好的人，我很庆幸最后一份工作遇到这么多可爱又真心的姑娘。夜深了音乐还在回响，我们碰着杯，哭诉着真心话，纪念一场离别，美好又温暖。

后来我真的去辞职了，和上司说要辞职去环游世界的时候，她是一脸不相信，并表现出"你有神经病"的样子。我勇敢地和大家挥挥手就走了！再后来，和那些最美同事们的旅行也兑现了。在我全职做自媒体的寻找名字之旅和带着爸妈旅行之后，第三个旅行就是和同事们一起去了首尔。

我们几个姑娘一起吃烤肉，一起穿着韩服在街上招摇，一起在 HELLO KETTY 咖啡厅拍大头贴，一起在弘大买 LINE 的棉花糖；去首尔塔下面挂锁……兑现承诺的我们既开心又兴奋。虽然以后我们会在各自的路上分别向前，也或许会越来越远，但是能遇见就很幸运，希望我们都各自安好，再见时都能听到彼此的好消息！

　　回顾 6 年里，我干了 7 份工作，换了 4 座城市，从南到北，从电子到通信、电影、体育、房产五个行业。每一份工作都让我学到很多东西，让我知道无论在哪个阶段都可以充实自己，都可以把被动变成主动，都能让自己变得更优秀，一点一点地努力就能累积成某天带你飞翔的翅膀。当时坐在门口招聘时我肯定想不到有一天可以去环游全世界，当时在电影节的时候我也想不到自己会出现在体育赛事的现场，每个选择都在慢慢地改变我们。我从来没有想过我去北京，因为我是一个无比向往南方的人；可是来到北京之后我就不想走了，因为老曹、因为梦想，因为这里让我看了更高更广阔的世界，从这里出发我可以走很远很远！有梦就要做，向着梦的方向，在平凡的工作中也有光芒。或许某一天你发现梦想离你不远，而你努力过就会少很多遗憾和后悔。

把梦想 →→
还给自己

　　2016 年零点，新年的钟声响起，我爬在暖暖的被窝里，给自己写下这么一段话：

把梦想还给自己，

终于可以肆意躺在被窝里，

听着喜欢的歌，

做着一个属于自己的梦，

感受自由带给心里莫大的舒适。

思绪跳跃，总感觉很多文字在脑袋里款款走来，

那就说着想说的。

在我喜欢的领域我还是个刚睁开眼睛的婴儿，

我不停地告诫自己，

沉淀下来，先让自己学会稳稳地走起来，再去想那些奔跑、跳跃和飞翔，

所有的光彩夺目都不是一朝一夕，

我所能看见每个人的绚丽都付出过很多坚持和苦练，虽然时间不算足够多，

但是还是给梦想和自己一点时间！

让时间和努力喂养梦想，自己与之一起成长！握紧手中的坚定！

向着自己心中的诗和远方一路走过去！

不怕扰乱和跌倒，谢谢你和梦想，让我无所畏惧！让我勇敢地前行！

我希望有一天我会变成巨人踏着力气踩着梦！

我终于决定要去做自己喜欢的事情了。在我 27 岁的时候，结婚 2 年，做着第 7 份工作，终于有点存款的时候，去全职做自媒体。

2016 年 3 月 17 日，我辞职之后下定决心要做旅游自媒体。第一次参加集体活动的时候，我非常不适应，几十个达人中，我认识的人寥寥无几。当时有个通过玩游戏选择室友的活动，被优先选中的人可以住好的房间。那一次我经历了被选择、被同行选择。当时在这些达人中，我的能力比较弱，所以很多人认为选择我没有价值，他们愿意选择更好的人。我是个特别会察言观色的人，整个过程我都看在眼里，被迫选择我的人那种无奈、失望和勉强的神情，让我深深感受到如果我不努力我就只能被勉强选择的命运。这个事情让我的自尊受到了深深的挫败，也应了那句歌词："冷漠的人谢谢你们曾经看轻我，让我不低头更精彩的活。"

一开始自己拍照也不算好，各种各样的评价都传到我的耳中。我没时间生气，就开始疯狂锻炼拍摄的技巧：阴天应该怎么应对，强光、海洋、沙漠等各种情况应该怎么应对……必须让自己产出的内容尽可能对得起邀请方。我明白，自己还是这个行业的"小白"，虽然在网上做微博做旅游内容几年了，但是实际去旅行真的是很多都不懂。不过我会多问，会去学习，会一点一点通过自己看见的总结下次怎样才能做更好。你会发现，你做你喜欢的事情，是不会累的、是不会害羞的。我是这么喜欢旅游微博，所以敢在人群中自信地展示笑容，摆自己喜欢的造型拍照；敢去和陌生人说话，听他们口中旅行的故事；敢去喂鲨鱼；敢去拥抱骆驼……敢做很多别人不敢的事情。在这个过程中你变得更好，这个过程你充满了希望，你不怕忙、不怕累，随时期待下一场旅行。

把梦想还给自己
在这个物欲横飞的世界
在这个快速转动的世界
找到一个方向
像一束光、一条彩虹、一只鸟、一条鱼一样
向着梦想的方向坚定不移地前行

4

追求梦想

| 一路同行：去想去的地方，做想做的事

你的微博 →→
有能量

↓ 最开始我是在微博后面默默工作的人，不间断地给大家找各种各样的攻略和美图，在努力地搭建我们的小小魔法王国。后来所有自媒体的趋势在变化，我就走到了台前。一开始我害怕大家不喜欢我，接受不了我突然的出现，是大家给了我勇气和信心，粉丝的爱和支持让我一往无前。

全职做旅行博主以后，发现自己懂得太少、非常稚嫩，总想怎样和大家打成一片。我不停地摸索和寻找，我想把我的魔法告诉大家，于是开始了实现大家愿望之旅，其实我自己的能量特别小，可是还是有一颗想和大家分享、给大家带去快乐的心。

我变得特别忙，工作比以前最难做的工作还要难。我记得一个长者说过："工作就有两个姿态——给别人打工你做得再好也是在台下帮忙的；自己单干舞台再小，只要你坚持就能让人为你鼓掌。"尝到梦想甜头的我，迫不及待地想跟大家分享梦想的力量。一开始都是带着网友的某个期盼去，比如给在外国的留学生带去家乡的味道，在埃菲尔铁塔帮别人表白，帮别人跟鲨鱼拍照……每个想法、愿望都是不一样的，在我帮助他们实现愿望的时候，他们也给了我特别多的鼓励和动力。很多人不理解我为什么要做和自己无关的事情，甚至也会嘲笑我。我想说我的想法从来都很简单，就是把梦想的力量和魔法传递下去。

最近打开微博，能收到很多网友的私信，有工作不顺心的网友信任地让我去指点迷津，也有给我讲他们自己的故事，还有网友把他们自己看到、记录下来的最美的风景分享给我，也有人偷偷给我送礼物。这一切都更加坚定了我去做这件事情的信心，越来越多的人说能在我内容里看到力量，有种乐观的阳光味道，这就是我想实现的。在我的生命里经历过太多的绝望、太多的无力，当得到别人援手的时候，我就想要用我微薄的力量让大家随时能得到我当时得到的助力，让大家在不如意的时候能得到我小小的祝福和支持，总有一天会在如意的时候会和我一起放飞梦想。那一刻越来越多人的理解、支持，也让我非常快乐，就想干干脆脆去做这件事情。我可能改变不了很多，但是点亮他们心里的星星之火，也是很让我感动和欣喜的。

我自己很清楚，我的能量不是取之不尽的，其实给我鼓励的你们才是我能量来源，感谢我们有个小小的羁绊，让我们的故事可以交换，感谢有你们陪伴，再大的浪和风沙也动摇不了我的坚持。

给梦想一个缝隙 →→
才会终于成功

↓ 只要做自己喜欢的事情，朝梦想前行，那么所有的艰难困苦都显得那么渺小。我曾经拼命抵抗，在最无力的时候也不忘给梦想撑开一个小小的缝隙。然后尝到了梦想的滋味后，我一遍遍告诫自己，不如在缝隙上努力一把，一点一点把缝隙撬开，让梦想生长出来，最后终于把梦想变成了现实。这也是我为什么想做可以实现梦想的阿拉丁，我想很努力的和你们一起给你们的梦想创造一个缝隙，让梦想生长出来，让梦想中的阳光照进我们大家的生活。

每个人都拥有梦想的力量，我看了《中国梵高》后感触很深。为了生活，二十多年来一直临摹梵高画作的小勇，长时间的坚持和一笔一笔的画让他对梵高越来越敬佩，越来越想看一眼梵高看的世界，后来终于从微薄的收入里拿出去欧洲的旅行费用。为此他做了很久的精神斗争，因为旅行费用要从给妻儿的生活费里节省出来，梦想和责任的平衡让他的梦想燃了又熄灭，熄灭了又在梦里再次点燃，烧得自己非去不可。千回百转之后终于去了梵高的家乡，看到世界和他想象的不一样。有时候梦想终于实现的时候，和想象中相差太多，还有很多无奈和心酸。看到内心想了很久的世界是这样，肯定会有梦想的崩塌，伴随着内心坚韧的信念瓦解。

　　但是当你成为别人照片里的风景，亲眼看见并感受了自己想象的地方，梦想的种子会仿佛遇到了雨露、阳光和土壤，破土而出、茁壮成长，你会重新拥有你能供养长大的梦想，整个人也不再是做着白日梦的自己，而是让梦落地生根的生活勇者，那时我们会知道自己没有白活一场。

　　我想带给你们的，就是这样的魔法力量，让你触摸到梦想，然后用你的方式去培育自己的梦想，不再轻易只是畅想，而是勇敢实现，随之你也会一点点进步、改变和奋斗向前。虽然我们是广袤宇宙中一粒微尘星球上，微不足道的过客，但是从历史和生物学上讲，我们拥有人生是比连中一亿次头彩还大的幸运，实现梦想会让我们在离开的那天告诉自己没有愧对这份人生。其实现在的我也会彷徨犹豫，所以我会在心情跌到谷底的时候给自己几句忠告和方向，而此刻你们的鼓励、肯定和信任也是我无限的魔力。你们和我，是魔力循环的地方，我们对梦想、生活的力量都在交互，我们靠梦想和温暖拉着彼此跨越艰难和乏味，一切会朝着好的方向发展。

第一个为网友实现的梦想，我送给了一个想和北极熊做朋友的小姑娘——去陪着北极熊睡一晚。在小姑娘的世界里，北极熊从那么远的地方来到中国，每天那么多人看它，却没人和它做朋友，它一定很孤独、很寂寞、很想家。这是多么善良单纯的小姑娘，多么美好可爱的小梦想，她希望有人陪陪北极熊，为此我去了北极熊馆，在闭馆之后一个人都没有的时候陪它说说话。我向海洋馆提出了这个请求，获得了准许。闭馆后我在北极熊馆的旁边搭了个帐篷，给小姑娘直播了这一夜，她一直在看，开心得手舞足蹈。那一夜，我在空空的海洋馆做了一个甜甜的梦，在海洋馆里我变成了一只北极熊，躺在冰块上慢慢漂流，自由自在地寻找回家的路，小岛上有个小姑娘在向我招手，叫着我的名字，拥抱了我这只大熊，送我上了一条回家的船……

原来在为别人实现梦想的时候，我会收获不同的风景和甜甜的梦。还有那些我之前想不到的奇妙回忆，渐渐一个故事一个故事地串联在一起，以后慢慢讲给大家。

开启我的第一次寻名之旅 →→

——迪拜和阿拉丁神灯

我叫阿拉苏，是因为我喜欢阿拉丁神灯。小时候看的故事在脑海里生了根发了芽，原来梦想真的可以被实现，只要你内心纯净、勇敢和正直，然后很努力很努力地找到神灯，神灯精灵就能帮你实现梦寐以求的愿望。所以我一直在找神灯，也坚信梦想可以被实现，长大后就给自己取了这样一个名字，觉得名字接近阿拉丁的话，找的神灯的可能就更大。

从房产公司辞职之后我开始了寻名之旅，去迪拜的红沙寻找属于我的神灯。这趟旅行是老曹陪着我去的，我披着红色的头巾，想着三毛的文字："每想你一次，天上飘落一粒沙，从此形成了撒哈拉。"我去的不是撒哈拉，是有着神灯的迪拜。初到迪拜，我被金黄色的城市迷住了，呼吸着空气中蒸腾着的热气，我睡了一觉之后就迫不及待去到处看了。住地下方是个清真寺，唱经的声音在几个固定时间此起彼伏，站在窗口看这个陌生的城市，浅黄色的建筑密密麻麻，在神话般的世界里我坐上了去红沙的车。

一路疾驰到了目的地，开始冲沙。这里的沙子是红色的，就像被施了魔法一样，接天的血色神秘而美艳。一车人中我坐在副驾驶座，司机开得很快，不一会儿后面的小朋友就开始哭，接着开始吐，仿佛中了咒语一样大家一个接着一个吐了起来，老曹也吐了，但是我没有吐，兴奋地看着漫漫红沙，心里在想哪里可以找到去神灯的入口。回来又继续折腾了几十分钟后，我们去了营地。我来不及看营地的热闹，就拉着老曹奔向后面的沙丘。当时的景色像童话里的画面，夕阳快要落山了，红色的阳光打在红沙上，到处都像宝藏一般。踩在沙丘上，迎着阳光的那一刻我突然发现，我们就是宝藏。我从怀里掏出一个神灯，用红沙慢慢地没过神灯，并在做这一切的时候虔诚地许愿，希望我能去更多地方看看，希望真的可以走在我向往的那些地方。

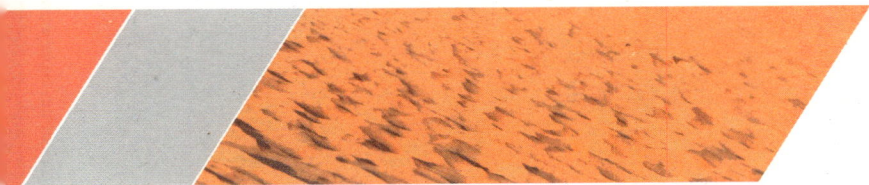

我举起神灯迎着阳光，风吹着沙子沙沙作响，好像有人叫着阿拉苏。那一刻，我突然明白了，跟着内心的召唤，就能实现愿望，实现我自己和其他相信梦想的人的愿望！天黑之后坐在热闹的营地，茫茫沙海中这一角展现着各种精彩的表演。我一边看一边思考神灯、名字和旅行的意义，老曹也沉浸在旅行的乐趣里。要知道以前他是一个十足的宅男，不喜欢改变、不想旅行，现在也变得很享受旅行的过程。对新世界的探索和认知，激发了他对旅行的热爱，他喜欢旅行这件事的本身就是对我梦想的一个巨大支持。

| 一路同行： 去想去的地方，做想做的事

如果你一打开本书就翻到此页，证明你有
当魔法师的天赋～如果你有什么没有完成
的梦想，现在就去追吧，坚持下去肯定
会成功！偷偷告诉你不是每本都有这页
哟～不信再去买本看看吧～

第二天我们自己买了地铁票，在迪拜老城穿梭，从他们的老学校到民俗馆，从黄金市场到香料街，我们一点一点探索这个城市，老曹也顺着他玩的游戏画面一直惊叹：这里和游戏一样、那里和游戏一样……在去哈利法塔的路上，我们穿过了一个全是彩虹的桥。当时踩着这些色彩向前，每一步一个色彩，和我的心情一样，充满欢欣和幸福，这些是之前所有工作都不能带给我的。我就像鱼游到了大海，鸟儿飞到天空，花朵尽情绽放一样，在和我的名字有着千丝万缕联系的地方开怀大笑。在这里，所有人都知道阿拉丁神灯，知道阿里巴巴，知道我记忆深处的那些故事。他们说出来也是相信的、认可的，认为神灯就是有魔法，就该被善良勇敢的人找到，我突然感觉到我的愿望在世界的其他角落得到了认可。你看旅行就是有魔法，就能做那些疯狂又深嵌在内心的梦。

有了第一次的寻名之旅，在陌生的城市一点一点地探索，一点一点地解开未知的风景，在探索和看到世界的过程中，我获得了前所未有的愉快，越发觉得好像走上了梦里的向往之路，一路歌唱、一路欢呼，走得很开心、很舒畅。我想，做自己想做的事情真的是一件无比幸福的事情。不管世界怎样，我就当那个坚信梦想的阿拉苏、喜欢阿拉丁神灯的阿拉苏、走在旅行路上的阿拉苏。

多的钱还给你——

→→

在越南岘港我遇见了一个好人

那是我第二次出国旅行，去了越南岘港。说实话，我觉得岘港挺美的，虽然当时很多旅行设施都不齐全，也不够舒适，但是当时的心情却十分愉快，想去看世界的心努力跳动。岘港很美，会安古镇更是非常有名，当时我也从岘港去了会安，无论是街边的小吃还是远近闻名的名点白玫瑰，都开心吃了个遍。

一直有一个想穿遍世界各民族衣服的梦，到了越南给自己定做了一身奥黛，奥黛自然是要配越南的斗笠，而且要过两天才能送到酒店，但是斗笠当天就想买好，在天快黑的时候匆忙去买，走到一个农贸市场周围有水果也有杂货，大家都在陆陆续续收摊了。

远远看到一个中年妇女正在收斗笠，赶紧跑过去问了价格，她英文也不好中文也不好，用手比了 10 万越南盾，当时天已经开始黑了，路灯还在慢慢地亮起来，当时光线也不好，我也慌张，赶紧抽出一张钱给她，开心地拿着斗笠就走。

沿路又买了小吃，一边吃一边想，不对，她要 10 万越南盾，我给的是 100 万，相当于 10 元钱价格的帽子我花了 100 元。想到这里整个人都不好了，想着说去看看能不能要回来，于是返回店铺找，一边走一边担心。

　　已经过去 20 多分钟了，再说我去的时候他们都开始收摊了，就算在也不一定承认，各种想法都在心里纠结，还是想去看看，于是加快步伐。刚拐进小市场，远远就看见了她，其他店铺都收摊了，她也收完了，但是站在店铺门口。我走过去，她就把手里攥着的钱还给我，应该在手里捏了很久，钱都有些湿了。

　　她不会说，只好给我比画，意思是要把钱还给我，我给多了，还从钱包取出 10 万的越南盾给我看，大致意思是："你给这样的钱就对了，开始给得太多了，所以我一直在等。"我当时感到一股暖流冲上心头，鼻子也酸酸的。我想了那么多可能性，就是没想到这种。

　　旅行遇到的善良又温暖的陌生人，让我对旅行的热爱变得无限大，也加快了我选择做全职旅行者的决定。特别感谢这句没有说出口的"我在原地等着把多的钱还给你"，也让我越发想为爱旅行的人多做点什么。

带着爸妈去旅行，

圆一个迟到了 35 年的婚纱梦

→ →

我的公公婆婆视我如同己出，公公会为我凌晨五点去买刚捕捞出来活蹦乱跳的小河虾，婆婆会为我缝补袜子、买睡衣。和很多父母一样，他们没有多少钱，但是在爱和善良上从不吝啬给予，这是我和爱人最宝贵的财富。很多年轻人在提到原生家庭的时候往往伴随着追责，但其实父母对孩子的心更多的总是爱和牵挂。就像我的公公婆婆，没有他们的支持和信任，我走不了这么远，所以这次旅行主角是我的这对爸妈——公公婆婆。

爸妈结婚 35 年，没有拍过婚纱照也没有蜜月旅行，就像他们那个年代的爱情一样，这么简单相伴到现在。这一次，我想给他们补拍一次婚纱照和一场简单旅行，让爸妈知道岁月可以夺去青春，却夺不走他们的爱和相守，直到永远。

妈妈其实特别美，只是在长长的岁月中留下的照片非常少，特别是化妆的照片。这次我选了很久，选了善于化妆和拍摄婚纱的韩国，出发前还带着爸妈买了一些心仪的衣服。有好几次我帮爸妈整理衣服，发现那几件好看的衣服都是我慢慢给买的，之前的衣柜里确实没什么好衣服。用妈妈的话说，之前那么多年都忙于生计，忙于把日子一点一滴地过好，忽略了奔波于生活里的自己。

现在该我们扛起家庭的生活重担了，要把爸妈曾经不顾自己为我们创造的美好，给爸妈一点一点地补回来。补拍婚纱照完全是我的一个念头，没想到真是爸爸三十多年的梦想，结束时爸爸的一席心里话也足够感动我很久。爸爸絮叨了很久，大意是说，两个人生活在一起这么久，靠着信任和尊重，在平淡无奇的日子里携手前行，没有太多大起大落，日子重复着一天又一天地过去，有时候会恍惚时光流动得没有痕迹，只是白了双鬓，褶皱了眼角，太久没把彼此都当成生活的一部分，也太久忘记说几句心里话。

在旅行期间，只要经过路口爸爸都会下意识地抓着妈妈的手，当妈妈换好韩服从试衣间走出来后，爸爸整张脸上笑开了花。两个人拥抱、亲吻额头时显得那么生硬，应该是很久没有拥抱了吧，但是爸妈的笑容一直没断过，特别是在每个细小的瞬间，妈妈都会情不自禁地唱出歌来。

　　婚纱摄影对爸妈来说更加陌生、向往又拘谨，再加上语言还有差异，因此一路都可以听见我和生活在韩国的姐妹在喊，"爸爸抱一下妈妈""妈妈看看爸爸眼睛""对对，微笑""对视握着手"……爸爸说脸笑得僵了一次又一次，妈妈说胳膊都酸了，但是当爸爸看见妈妈穿着婚纱出来的时候，不禁迎了上去，笑容久久没有消失，认真地看着每天相处的妈妈，妈妈也不禁多看了很多次镜子。穿上婚纱的妈妈还是会提着白纱给爸爸整理衣服，爱已经成了习惯，爱是禁不住就想对你好，只是太久忘记说了，变成了一种本能。

　　拍摄结束后，我把爸妈分开，分别问了一样的问题，事实证明爱真的可以让人感动许久。爸妈是在养鸡场认识的，妈妈看中的是爸爸的真诚和踏实，爸爸看重的是妈妈的善良和勤劳。多么简单的理由，却让两个人在时光的长河中紧紧握着彼此的手，没有松开过。我的成长中看过太多不幸福的家庭，有的爱着爱着就散了，有的假离婚过着过着就真的离开了，有的爱人被别人牵走了……有太多种爱情的不幸福，也曾一直让我怀疑爱情的存在，也曾迷茫和不知所措，也曾盲目爱着把自己低到尘土里。后来我认识了老曹，和他组成了一个家庭，结婚快 4 年了，我从来没有和婆婆红过脸，也没对公公说过重话，我们一家人彼此相互尊重，惦记彼此的喜好，在一个不经意间把我们各自爱的东西准备好。我从一个长满荆棘的家庭走到现在，虽然说之前的荆棘之地都开满了花，不过对于刺痛以后的生活，也没想过会走进了一片美丽的花园，如此的幸福和平稳。

爸爸最让妈妈感动的，是一件小得不能再小的事情。有一次，爸爸把感冒传染给妈妈后，夜晚不顾一切地去各个药店给妈妈买药。妈妈说："明明他自己感冒那么严重，当时家庭条件不好，他就这么扛着，但是我一生病，他不顾严寒，在北京的冬夜里骑着一辆摩托车顶着寒风飞驰，去药店买药。他买的是药，温暖的是我这颗想和他过一辈子的心。"

爸爸最感动的是，突然的血栓让他住进医院，妈妈一个星期不眠不休地照顾爸爸。爸爸说："当时醒过来看着她哭得红肿的眼睛和疲惫的脸，我就告诉自己以后一定要好好对待自己的身体，不能让她再这样担心和疲惫。"

关于认识和在一起的时间、彼此最爱吃的东西，爸妈回答起来都没有犹豫。说实话，我一直很担心公公能不能好好回答，因为他的血栓压住了脑垂体，严重地影响了他的记忆和身体协调能力，很多才发生一会儿的事情，爸爸总是瞬间就忘了，很努力也想不起来。但是爸爸没忘记他和妈妈相爱的故事和每一个小细节，也许是爱得久了，爱情就长在了彼此的身体里。

和韩剧的男女主角一样，我要带爸妈去首尔的南山塔挂爱情锁。坐缆车的时候，妈妈抓着爸爸的手，开心地说："从这个角度看城市真不错，这是我第一次坐缆车。"我听了心里有感动还有叹息，很多我习以为常的事情，爸妈竟然是第一次享受。我们在这个变化无比快的世界，努力地向前奔跑，熟练地操作电子设备，熟练地在陌生城市穿梭，熟练地认识新的朋友，熟练地告别一个城市，而对爸妈我们做得太少。我们忘记把生活大门向他们敞开，忘记把我们世界里的风景呈现给他们看，忘记像个朋友一样对待他们，也忘记给他们足够耐心，像他们教我们看世界的时候那样带着耐心和无穷无尽的爱。

　　走进密密麻麻的爱情锁的时候，爸妈充满欣喜地看着锁上的文字，中文、韩文、英语、日文等世界各地的语言都出现在各种锁上，有的看得懂、有的看不懂，但是妈妈说这个世界上相爱的人还是很多。这一句话又足够温暖我很久很久。对呀，有时候我们在黑暗中流泪愤怒，可是别忘了这个世界相爱的人还那么多，这个世界美好的东西还那么多，只有把心里的那些迷了眼的黄沙扫除，才能放一颗钻石进入我们的心房，照亮着未来的路。

　　其实给爸妈实现愿望的时候，我好快乐，可以把高速运转的生活暂时抛到脑后，静静地接受一点一滴的感动，可以把生活的黑暗忘在昨天，看着他们不仅嘴角扬着笑容，连走路也哼着歌，让爱在心里慢慢成长。

这次圆梦之旅，我们住在一个画家民宿，一家人都住在一起，自己动手给爸妈做一顿早饭。爸妈甚至可以跨越语言的障碍，和比他们结婚晚一年，也就是结婚 34 周年的画家夫妇成为朋友，畅聊着儿女的成长和生活的小事。看着他们笑着，我突然发现相爱的人、幸福的家庭真的都差不多。他们善待周围的人，珍惜每个小小的感动，努力把家庭装扮得越来越好，感恩着生活的考验，再多艰难也紧握彼此双手不松开。

　　那时我心里突然特别感谢我家老曹，他不仅给了我爱，还给了我一个充满爱的家庭，让我不再惧怕那些热闹却没人团圆的节日，不再惧怕节日此起彼伏欢天喜地的笑容，开始期盼节日和爸妈团圆，一家人坐在电视机前，说着最近发生的大事小事。

　　这次爸妈的圆梦之旅中，最幸福的应该是我自己，担心疲倦都比不上我没断过的笑容。这里我要送给大家一段爸妈采访结束时送给我们的话，他们用自己的平平淡淡的日子，一千八百多万分钟的相处，凝聚成送给刚刚学会爱的我们的几句话。"彼此尊重和珍惜，把每一天都过好，无论在人生的哪个阶段，不要忘记善良和感恩，幸福就在你看到的每朵花里，坚定自己的心不要轻易动摇。"

　　还有，我也想送给看到这篇文章的你几句关于孝顺父母的话。无论什么时候，不要忘记好好爱他们，不要只是一味地用你的方式去爱他们，一定要问问爸妈想要的是什么，也不要把他们隔离在我们的生活之外。他们老了，学习很多东西都变慢了，他们也会慢慢忘记很多事情，精力也跟不上我们了，但是他们没有忘记过爱我们，把他们有的、不多的、最好的都给我们。所以，如果可以，也带他们去看看我们爱的、追求的新世界。虽然有时候我们没能长成他们想要的样子，但是不要忘记爱着他们，倾诉和倾听我们的成长，他们很想参与，无论我们多大年纪。

　　如果可以，也问问他们的梦想，去慢慢给他们实现吧！你会发现，为爸妈寻梦的过程里充满快乐！

来我家住刚修好的 →→
小洋楼不要钱

↓ 一个夏天我和老曹去了日本的札幌，全程陪着我们玩的是佳琦，人非常好。我和佳琦都是"海贼"迷，从大阪到洞爷湖、涵馆、登别，一路旅行下来大家已经是很好的朋友了。后来他带着他的妻子，我们四个人去没有人的白色恋人公园追逐嬉戏；在洞爷湖一起看烟花，追着烟花跑；去登别泡温泉，看地狱谷；一起吃巨大的帝王蟹……

和佳琦夫妇短短相处的 6 天，已经感觉像老朋友一样热络了。佳琦知道我喜欢动漫，就带着我们去他经常淘宝的动漫店，在那里我和老曹开心到不行，像个孩子般低头寻宝，激动又充满惊喜。我们驱车去神威岬，追着跑在高高的芦苇荡里，一起拍摄玩耍，一起敞开了聊喜欢的情节。

佳琦是个有故事的人，特别喜欢动漫，特别是《海贼王》，还自学了日语。当年 18 岁左右的他决定要去日本，看能不能扎稳脚跟。最开始佳琦寄住在亲戚家，基本每天打工还要兼职，一天要工作 12 个小时左右，工作从一个海鲜排档刷碗开始，最悲惨的时候还曾经在垃圾桶翻过吃的。说的时候他特别风轻云淡，只有吃了不少苦的人才理解这种淡然。现在他在日本有了自己的小别墅，还和当地人合伙开了一家度假村，一路走来肯定非常不容易。我问他坚持不下去的时候为什么不回家呢？他特别坚定地说，我选择了这条路我就一定要走好，走到有结果为止。

没想到我们都热爱的动漫会改变一个人一生的选择。佳琦夫妇邀请了好几次，让我去他现在的小家看看，但是因为时间太赶所以没能去成。当时，我们去的时候是夏天，他很期待我们冬天再来看看，他还会来接待我们，从佳琦的眼里我看到了非常坚定和真诚明亮的内心。我们的行程在去玩小樽的八音盒时到了终点，佳琦一直送我们到机场，还帮我们托运了行李。

特此感谢遇见他。告别之后我的行程无比地满，做我这行就是来不及告别，就要投入下场行程中。所以当时也没多和佳琦寒暄了，匆匆一别，直到 3 个月后，我收到了佳琦的信息："有时间你和老曹一起来北海道，我这边的小别墅修好了，你们来不要钱。"这惦念之情让我无比向往，像一杯温水一样温暖。

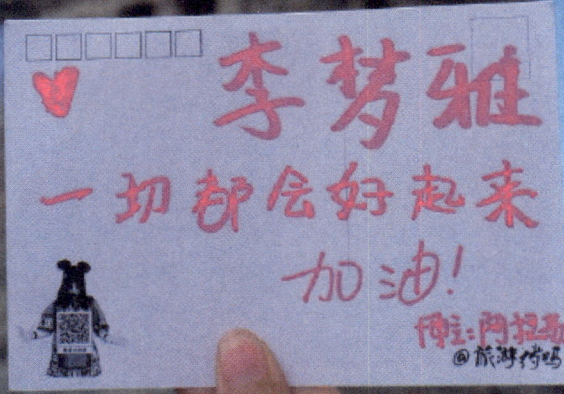

纽约地标秀

给一个陌生姑娘送鼓励 →→

↓ 帮别人实现愿望的诉求越来越多，那些被实现的美好愿望，也是激励着我坚持公益性圆梦的初衷。我的旅行因为实现愿望而变得大不同，到那些地标的建筑物前，我不在意别人的眼光，通常是先为网友实现愿望，因为一个愿望一个愿望被点亮，一切就终将美好、终将不一样。

　　我第一次去纽约，就把给一个陌生姑娘的鼓励标语，展示在纽约各个景点的照片中，自由女神、中央公园、时代广场都留下了我给她鼓励的语句。当时为什么会选这个愿望，是因为我也曾经和那时的她一样，嫌时光走得太快，还未好好感受就要告别学校，去社会上闯荡。

　　大学毕业的时候我是最后一个走的，每个好朋友来和我告别，我都笑着说："我不会送你们的，因为我不想看到你们远去的背影，留下我在这里暗自流泪和伤感。"那些好朋友还是会来跟我道别，有的会给我一封信，塞在我的被窝里；有的会放一些零食在我的桌子上，和我说再见；还有的会给我一个拥抱，希望我们在遇见的时候可以变成那个梦想中的自己。其实每次离别我都会哭，我会放任自己的眼泪去留住那些不舍，我也很迷茫，不知道明天的我在哪里、在干什么，还能不能遇见学校的那些他们。

　　这个网友的愿望刚好触动了我的心，我想如果那个时候，有个环游世界的人在他走过的名胜旁，拍上照片和并把祝福送给我，该是一件多么让我鼓舞的事情呀。于是我答应了这个愿望，开始在纽约收集祝福。当时和我一起的朋友会质疑我，这么好的时光，在纽约就应该睡到自然醒，去第五大道吃个地道的早午餐，静静坐在街边感受当地的文化呀。而我总是吃了几口饭就急着翻出我的明信片，在每个地标旁举着拍照，还对这个未曾谋面的陌生人说一堆鼓励的话。他们都觉得，好好的假期，却因为一个愿望让我变成了一个工作狂。

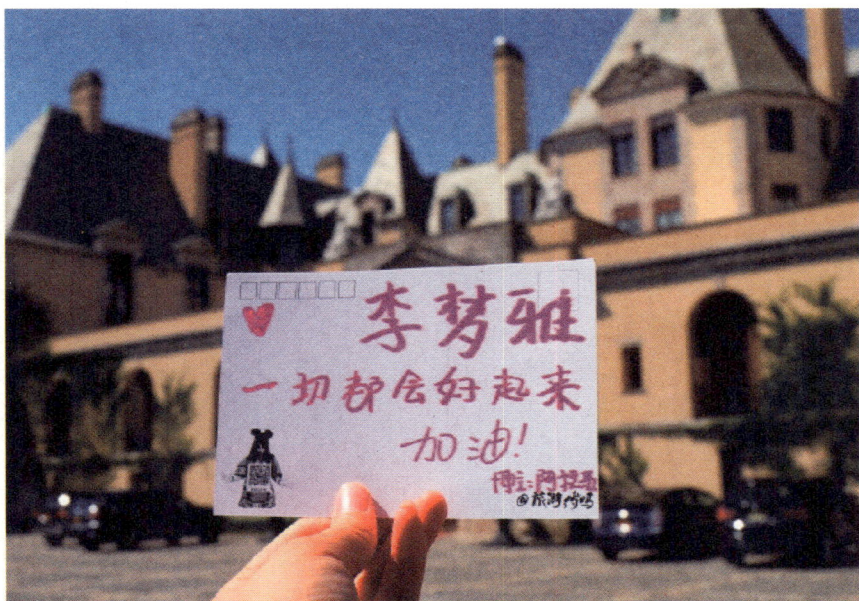

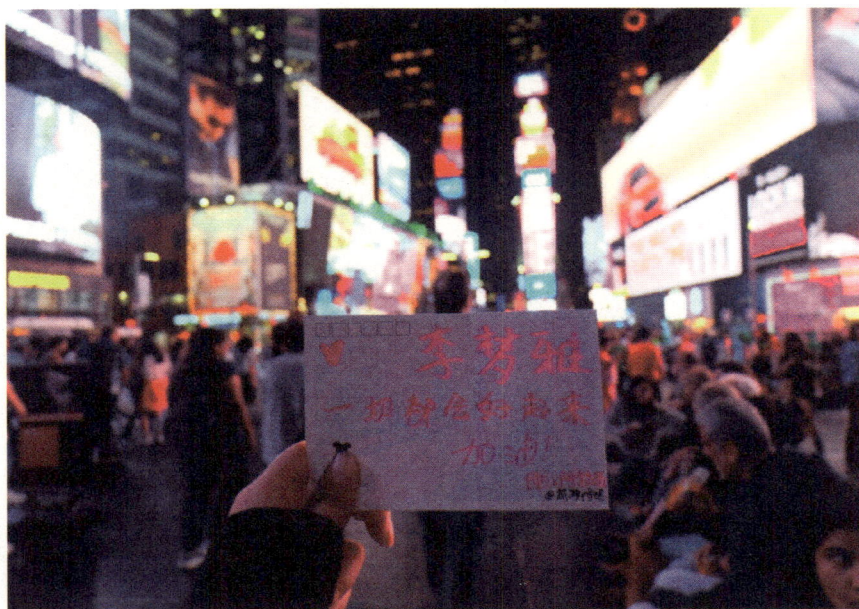

我把大学毕业时的一段回忆说给他们听了，也引起了他们的感怀，他们也在很努力地回忆自己的曾经，那些走出象牙塔纯真又脆弱的我们，面对的这个世界在喧嚣中快速地转动着，我们如果不大步迈出去，就跟不上这个高速运转的社会的步伐。小时候我们都觉得自己最特别、有超能力，我们一定可以按照自己的想法去生活，不过社会这所学校只有严厉。在说了前因后果之后，我的朋友们也开始加入送鼓励的队伍。

　　他们会在每一个地标前，主动对我说：

　　"苏苏，来，我想对这位迷茫的同学说几句……"

　　"生活本来都不容易，都有困难，可是我们都在很努力很努力地过生活，所以希望梦雅你要坚强起来。"

　　"从学校走到社会的时候，我也迷茫过，但是不要忘记你最初的梦想，为了这个梦想去努力，你会变成更好的自己，加油！"

"我从阿拉苏那边听到了你的故事，生活不如意十有八九，希望你可以慢慢成为最好的自己。"

"如果觉得特别累就稍微休息下，你看这个世界这么大，总有一处是值得被你期待的，你要加油，那些绝美的风景也在等你！"

……

一句句的鼓励、一个个地标的打卡、一张张照片，还有感动到我的祝福，都让我的这趟旅行与众不同。这次旅行有繁华的都市，有时尚的人，有灯红酒绿的广告牌，有很多温暖的人，而我们都是为了鼓励一个和年轻时候的我们一样的孩子：这个世界值得你期许，值得你努力，值得你去探索。只要你的心善良和坚强，你就能走到那条你想去的道路上。无论两边是开满鲜花还是荆棘丛生，变得更热爱生活的你，都将会勇敢前往你的梦想。

千里迢迢

→ →

给莫斯科小粉丝送中国味道

↓ 秋天的莫斯科简直太美了，我和老曹策划了一场我们自己的旅行。本来说好的就是自己去旅行，可是我还是忍不住向网友征集了愿望。一个在莫斯科留学的小姑娘，有一个简单的小愿望，让我忍不住要去实现——就是祈求我能带点家乡的榨菜和豆腐乳给她。我一直对老曹说，这就是一件举手之劳的事情，于是我们就在超市开始给她挑选，但是因为不知道她喜欢什么品牌的，所以我们就买了各种品牌的榨菜和豆腐乳。

我的行李箱除了我们的衣物，最重的就是给一个陌生小姑娘送去的家乡味道。坐了8个小时飞机，金黄的莫斯科真的太美了，环绕着各种色彩的建筑物。我们安顿好住处，把行李打开，拿着家乡味道去找这个小姑娘。约定见面的地点是莫斯科红场，一个很可爱的小姑娘出现了，见面的时候来了一个大大的拥抱，丝毫没有陌生感，就像多年认识的亲戚一样。我们一起吃了饭，小姑娘要抢着买单，当然被我给回绝了。我们一起逛红场、胜利广场，坐地铁看那些好看的壁画。小姑娘一直对我们说哪个角度好看，还讲起这些建筑背后的故事。我们三个人一起拍照，一起研究那些有趣建筑的故事，她也给我说了很多他们宿舍的小故事，我们在莫斯科街头哈哈大笑。

| 一路向方 去想去的地方，做想做的事

一起坐在陌生国度的街头，欣赏风景，分享我们的故事，这种感觉好像做梦一样，明明之前是完全不认识的两个人，却因为我的微博里一个小小的愿望，把我们聚在一起，聚在莫斯科的街头。小姑娘还教我们如何在红场前抛洒硬币，抛到哪个方向就是你的幸运方向。一个城市也因为认识的人开始有了温度，慢慢地敞开心扉说着各自的故事，走过的地方充满了欢笑、回忆和故事。

| 一路同行：去想去的地方，做想做的事

小姑娘只身来到莫斯科学习，不到 20 岁的样子，与日俱增的思乡之情，还伴随着一些成长的烦恼，特别在异国他乡很多情绪都被放大，家乡的味道变得格外珍贵。你们肯定会说，那就去买呀。可是我问了好几个在莫斯科生活的朋友，他们都告诉我，这边的人不多，加上当地人可能不喜欢，所以榨菜、老干妈、豆腐乳基本都是自己带，存粮多还能炫耀，和财富一样。这些家乡的味道也是支撑他们下次回国的动力。我没有在国外留过学，无法深刻体会在异国独自顽强生长的感受，但是从很多留学的朋友口中听到过很多声音，有煎熬地期盼家乡的味道，有对亲人的思念，有独自破茧成蝶的顽强，也有异国爱情长跑的遗憾。大多数朋友说完自己的故事会裹着一声叹息，然后就是微笑。也有很多人会怀恋在异国的日子，不过他们都会说"回来真好"。我这次见的小姑娘，就对父母和家乡的思恋特别明显，她说她在数着回家的日子。我来了，她笑着，眼睛弯弯地说："这下我们宿舍可以撑到回家了，我出来这一趟大家都无比期盼。"

　　世界上有很多人，有的人快乐源自被惦记，有的人快乐源自看到别人的笑容，还有的人喜欢分享快乐。我个人喜欢大大咧咧地轻松相处，然后给你一个用心的礼物，你打开礼物那一刻的笑容就让我无比开心，感觉那一刻好像一起感觉到了那份快乐。俄罗斯旅行遇见了小小可爱的你，眉眼弯弯的笑容和莫斯科的秋天一样美丽。

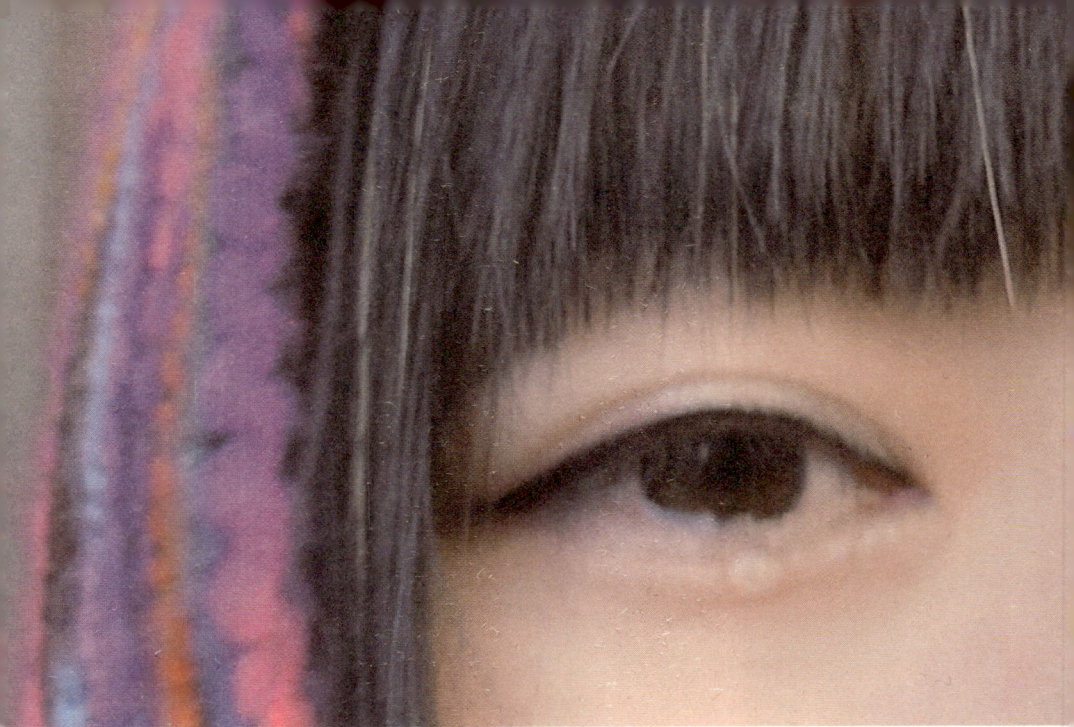

原来 →→
要别离

最近常常感到忧伤
内心隐隐有泪在流淌
原来将有分别一场
五年前
我在办公桌前
你在学校中央
说来奇怪我们梦想一样

我们投入无数个日日夜夜
在贫瘠的土地上种上梦想
默默无闻
慢慢发光
终于梦想不再是幻想
我们走在看世界的路上
我们的土地种出了很多香蕉树
我们的土地如此宽广
风口浪尖
这片金黄不再闪耀
我决定砍掉所有的香蕉树
种上樱桃
砍掉所有香蕉树，我们来场浪漫的告别

一路同行： 去想去的地方，做想做的事

我的旅行在这之前和一个姑娘有很大的关系，她叫木鱼，从我开始做微博的时候就来了，带着懵懂的梦和我并肩前行。那个时候还没有自媒体的概念，那个时候还没有点石成金，所以我们都是凭着一腔热血在努力，默默地耕种我们的旅行梦，在一片贫瘠的土地上我们妄想种出一片果园。

我们账号的背后，用无数个日日夜夜堆积，用无数个自己摸索去探寻，我们到处找信息、到处找内容，把那些课本中遥不可及的国家、城市、风俗、节日拉到大家的眼前，我们也是如此的微弱，微弱地向地球发出热爱。于是我们两个赤手赤脚地走在自媒体这条未知又贫瘠的路上，一起走了五年。前四年我们尝到的都是苦涩，但是赤子之心却无比地透彻和坚定。我们一起熬夜应对铺天盖地的广告攻击，从凌晨一点删到第二天中午；我们一起到处寻找素材，从毫无审美的穷学生、上班族到现在知道要求自己构图、进行色彩搭配。我们开垦这片荒地用了五年，第五年才开始结果，才开始尝到甜味。

木鱼，我的微博路上收获的第一个造梦者，是朋友也是战友，我们都向往诗歌和远方，我们都对这个世界一无所知又赤诚热爱，于是我们一拍即合决定做点什么，把微博从零做到一百万的关注，又做到两百万做到四百万。我们从不同城市陌生的两个人渐渐成为熟悉彼此喜好、了解彼此脾气的亲密搭档，我比她年长许多，接触社会多很多，所以我是一个决策者。在运营"旅游约吗"微博的期间，木鱼是我骂得最多的"孩子"，也是跟着我最久的"孩子"，是一路不离不弃的"孩子"。她从我是一个普通到不能再普通的上班族开始，一直和我一起织"微博"，种植我们的旅行梦。五年了，我们从期待能有免费的旅行，到一起在异国他乡看期待很久的风景，我们一起从白日梦的旅行到真正走在看这个世界的路上。五年不长，但是却占了你年龄的五分之一。我总是对别人说你笨，其实你善良和感恩的品质却不是谁都有的。

　　我始终记得我们一起在网上织了 2 年多微博却始终没见过，等终于见到木鱼的那一刻，我被眼前粉色裙子漂亮极了的小姑娘惊讶到了。还记得第一次带木鱼出国，我们去了甲米，一路上木鱼兴奋得像个孩子，不停地问这问那。我们一起在海边踏浪，却被突如其来的暴雨淋湿了全身；我们一起穿着比基尼在电影《海滩》取景的海滩上，无奈到大笑。木鱼过于单纯，所以我喜欢说她笨，但是她却是展翅高飞的小鸟，你开始飞得并不高还害怕，后来慢慢地飞得越来越高越来越远，去了我都未曾到达的毛里求斯、埃塞俄比亚、摩洛哥、菲律宾等，木鱼也开始在我们的自媒体的果园里尝到美好。随着自媒体人越来越多，新媒体不再新，我们的这片最初贫瘠的果园开始大量地产出甜蜜，我和木鱼开始有些目不暇接和无所适从，我们的步调开始不再一致，我太快木鱼太慢，我们经常绊倒彼此。我焦急地催促，她懊恼我的不理解，原来前行的路好长，步调不一致的我们摔了好多次，每次都想放弃彼此，但是又相互扶着往前走，直到终有一天我们都伤痕累累地走不动了，我们好像都有预感了，我们要告别了！

一路同行： 去想去的地方，做想做的事

一路走过来，木鱼付出了很多，默默耕耘和坚持着，一坚持就坚持了五年，用无数个日日夜夜坚持，姑娘的人品还是闪闪发光，此段心里话说给你：

　　木鱼，我特别感谢你 5 年来的付出，我清楚地知道我们今天的成绩有你很多汗水和眼泪，其实一路走过来很艰辛、很艰苦，也特别感谢你困难坎坷都跟着我走。你从一个学生走到了社会，你从一个白本护照走了很多别人到不了地方，你有了很多你的故事，在旅行中也认识了很多属于你的朋友，你的每点变化和成长都让我开心。你学到肚子里东西没有任何人可以抢走，你为我们的付出没有任何人可以抹去，只是曾经我们都以为不会分离，没想到分离的时候是那么猝不及防，明明想了千万个分别的时刻，都不知道是在这时候。

　　本以为我们还会见证彼此更不同的阶段，可是同路前行就在这里了，我们漂流的方向不再一样，你想去山的尽头看彩虹，我想去海的尽头看日出，但是曾经我们默默无闻的时候，是多么纯粹地想保护好我们的梦！

　　一路上我对你的责备多过表扬，因为我怕我一个人的力量保不了你周全，怕你飞翔期间受到伤害，怕你还未尝到梦想的甜味就摔了跟头。我总是很严厉地责备你，不留一丝情面，其实很多人不懂为什么我要捧着你飞，我清楚，努力了五年的孩子如果想飞，只要有能力你能飞多远就飞多远，只要不受伤就好。

谢谢你，谢谢我们遇见和奋斗的日子，你会在我的回忆中闪闪发光，希望你去寻找彩虹的途中，无论多困难重重都坚定不移，我也会在狂野慢慢地漂流，去海的尽头送去对海的歌颂和对你的祝福！

再见的时候，我还能手舞足蹈地说我新世界，你还能神采飞扬地聊你的小梦想！

于是在告别的日子，我为你实现了一个梦，一个去欧洲环游的梦，送你坐上蓝色多瑙河的河轮，希望可以载着你的向往，你的梦想。

再次来欧洲，是秋天，本来是我最爱的季节，可是旅行的感受和心情却都有点阴天带着雨，其实每次都说旅行认识的人很重要！这次是给和我奋斗过五年、要单独闯世界的小姑娘木鱼实现她的旅行愿望！

这段话写给她：

给木鱼
是我最后一次带你旅行了
你和我一起奋斗过五年
还记得第一次带你去旅行
你兴奋可爱得像个孩子
满是好奇，欢天喜地
如今你越飞越远也飞出了我的世界
今年夏天你决定一个人去闯世界
你离开了"旅游约吗"
可是你付出过的汗水泪眼我都记得
我不想离别都一样

既然我们是因为旅行认识

那也在一场旅行中结束分别

于是决定给你实现一个旅行的愿望

去你想去的欧洲看看

分别之后

愿你更好，心如初见。

　　再次见到她，还是第一次见的样子，喜欢粉色，只是眼神少了很多胆怯，多了很多自信。我心里有点复杂，但是又很开心，五年和我一起闯世界的时间没有白白浪费，到了梦想到达的地方，见过各种肤色的人，尝过各种味道的食物，还结识了很多我都不认识的人。

　　时光对大家都是平等的，只是有的人在相同的时间让自己更优秀，有的人让自己更快乐，还好孩子都学会了，既然已经选择独自去飞翔了，我就不再叫她孩子了，她是木鱼、长大的木鱼，已经在慢慢飞起来的木鱼。其实每段经历对你都有影响，木鱼在和我一起奋斗的时候，我经常说，名声会消失，金钱会消散，但是自己看到的风景，学到的东西和吃过的食物都在你的肚子里，谁也抢不走，全部是属于你的。

　　这次她从北京出发经慕尼黑到布拉格，和我在慕尼黑相遇，坐着河轮从德国帕绍出发，最后我们在布达佩斯分别。游轮和我们想的、之前坐过的都有落差，在一方面我有些内疚，觉得这样对不起木鱼，圆梦应该更加完美更加浪漫，木鱼反过来安慰我的时候，我觉得整个阴天都晴朗了。有时候豪华的旅行看不出一个人，但是朴素一些的却更能看到一个人的内心，她开心地享受每天，因为她第一次把脚步迈开在欧洲大陆上，她和船上的每个人都很好，会帮助老爷爷拍照，帮陌生阿姨调节相机，会帮同桌叔叔拿菜，各种细小的情节都在显示她的善良，我只是在一旁静静看着帮她记录。

因为一些环境因素，我的情绪不太稳定，无数落差加上繁杂的沟通事情，还有出来旅行太久了，内心想家，会让我的笑容减少，木鱼都会尽可能地让着我，这让我觉得她是彻底长大了，也多了一些放心，可能有些地方她做得会比我好。我不是一个对谁都好的人，在很多时候会只对我想对的人好，每个人成长经历不一样，我认为这种状态让我更开心，我只想在不伤害别人的情况下，让自己更加快乐。

　　中途我们在维也纳有些小摩擦，天气下雨极冷，我一手拿伞一手还要拍摄视频，记录木鱼的旅行事情，还有城市风光，我们行进的速度太慢。我自己冒雨去拍路边的马车和马夫，一阵阵的雨让我手脚冰冷，等我拿着很满意的素材准备回去找木鱼的时候，发现她和旅行认识的姐姐一人捧着一杯咖啡喝得开心，我出发前喊她去拍摄她都没搭理我。瞬间我火冒三丈，劈头盖脸就问："为什么刚才叫你去拍摄你不去？"木鱼和我相处过五年，面对我的暴脾气不吭声，我很生气，掉头就走了。当天之后的行程，她还是跟着那个姐姐一起有说有笑，也没和我说话，当然我还是会认真采集我的素材。我拍到一张老奶奶在雨中行走的照片，取名"流动时光"。每次看到这张照片我内心总会有一点波动，总是在想，当我老了，我会是一个有趣还会爱笑的老奶奶吗？我一直希望自己老了，是个有趣的见过世面还让人温暖的老奶奶。

　　在互相闹别扭的情况下，我拍到了很喜欢的照片，也感谢木鱼，后来在吃午餐的时候，我带着她去吃了鸡排，把彼此的疑惑说了，也打开了心结，我是个不喜欢记仇的人，因为我觉得时间有限，可以做很多快乐的事情，没必要拿来赌气和不开心。旅途在继续进行着，快结束的前一天，有了很长的空隙时间，我们坐在一起，在人声鼎沸的餐厅。我说了心里话，希望她不要撑着，如果旅行自媒体这条路走不通了，也不要硬着头皮去拼个你死我活，我从来没觉得她哪天放弃了就看不起她，也不会赌气觉得你不在我的团队你就过得很差，相反我希望她开心，听到别人说她的时候也是赞扬和好消息。之后的日子我有很多事情忙，她走了我有了新的小伙伴，一起闯天下，我需要管他们，带着他们去我们都曾经向往的新世界，只要新世界一天没有达到，我就不会放弃。

说着说着眼泪流下，说着说着就好像我们第一次约定去闯世界的时候，一直记得木鱼说过，"苏苏，就算全世界人走了我也不走，你赶也赶不走，你打也打不走，我要和你一起奋斗。"感谢"孩子"当时那么信任我，让我从一个默默无闻的上班族，变成现在行走在世界的我，因为她的认可让我有了莫大的动力，让我认为我可以做，于是我从一个不会拍照、不会写攻略、不会设计、不会剪辑的我，变成一个特别努力的我，也感谢那些一起奋斗的日子，她成了我需要保护的甜蜜负担。

特别感谢当时能有这么一个一直相信我的人，所以我不能让离别如此的普通，决定既然我们因为旅行认识的，那就再努力一次给她圆一个旅行相关的梦，去她想去的欧洲看看，过程可能有不完美，环境可能有些让人唏嘘，但这种不完美让我可以看到，让我们把离别变得完美。旅行的环境让人有些唏嘘，但是让我们有足够时间，修复我们感情，就像最初的时候一样，心底干净，简简单单地描绘我们的乌托邦。

虽然没有同行，就像木鱼说的："每个人都是一辆火车，有不同的轨迹和方向，有时候千万个舍不得也要转弯。"我深深知道孩子离开我是怕拖累我，我让她独自飞是怕阻挡了她的方向。就这样，我们到了说再见的时候，于是我们都在一个彼此已经有些累的路口分开，我从来不会怪木鱼违背了当初信誓旦旦的怎么都不走的誓言，木鱼也不会怪我以后带着新的小伙伴登录我们的新世界。我想如此简单美好的相遇，如此真心完美的别离，就算以后我们各自远扬越走越远、联络越来越少，也不会破坏在彼此脑海中的记忆。

希望以后的时光，都如我们所期许的，各自安好，再次相遇，若如初见，谈笑风生。

推动少年的单车，→ →

圆一个骑行梦

↓ 从带着粉丝的愿望去旅行，到带着粉丝去旅行，我用了一年的时间完成这个跨越。在这个过程中，我经历了团队的人都走了到重新组建团队的历程，其中的精力、心血和不舍的情绪都超乎寻常的沉重。在新的团队搭建刚满一个月的时候，我决定去做我一直想做的事情，向网友征集愿望，要去真正地带着一个网友实现一次愿望。

一个普通又相信梦想的我，在微博发起了梦想征集的故事，很多人的故事都平凡又打动我，让我几度泪流满面，也让我坚定了鼓励大家实现梦想的想法。后来确定了一个网友，他是这么说的：

我叫任毓钰，来北京两年了。刚来北京时，表哥跟我说在北京火车站，每天都有 100 万人进来，也有 100 万人离开。去留并不重要，关键是你想做什么。

去想去的地方，做想做的事

| **一路同行：** 去想去的地方，做想做的事

我想过很久，其实我没有特别擅长的事情，可是我一直都喜欢骑自行车旅行，环游祖国，但是生活和工作却让我感觉离这个梦想越来越远，直到有一天看到有人想帮别人实现愿望，我特别好奇，每天都能看到很多人的故事，他们的这些梦想再次点燃了我的骑行梦。我决定每天都跟阿拉苏说我的故事，没想到只是简单的倾诉却让我的梦想得到了回应。

带上梦想即刻出发，开始我们是环青海湖骑行。从山川到草原，从花海到麦田，从森林到沙漠，就这样我们开着一辆房车，带着两辆自行车开启了我们 4+2 房车骑游——环青海湖的征途。

就这样我们一起从北京出发，坐上去青海湖的飞机。一落地，一辆写着"旅游约吗"、贴着我巨大卡通形象的房车出现了，在兴奋和激动中，我们将要开着"旅游约吗"号房车环绕青海湖骑行。

我们从西宁出发翻过垭口，在第一个经幡上看着远处的雪山，小毓钰一脸兴奋和期待。他对我说，梦想熄灭到梦想点亮那种感觉仿佛电流一般，将他内心沉寂的梦想狮子叫醒了，看着这个世界，充满了期待和兴奋，很想呐喊、很想狂奔，很想在这片空旷的地方撒野。

有梦想的人都不会太生疏，我们快速地建立友谊，一起唱着《七月上》，想踏遍黄沙海洋，不负勇往直前。我们从天亮笑到天黑，也没觉得累。等他骑上自行车的时候，我在前方等他，他从我面前经过的时候，就像有翅膀一样，迎着风就像飞起来一样，所有的烦恼都抛在脑后，不理会那些生活中的坎坷，纯粹追梦的过程让人特别酣畅淋漓。他说追梦的感觉很好，一个人去追逐羊群，对着陌生人问好，翻过山坡，穿过草原，沿路开着的格桑花仿佛他的欢乐一样开满了眼睛能看到的地方。迎着风呐喊，此刻的他告诉我看到的世界很美。

我们一起走过山山水水，聊着小时候的趣事，聊着成长中的青涩感情，还有工作的烦恼，一路下来我们成为无话不谈的好朋友。到达沙漠的时候，他骑车挑战各种动作，玩得不亦乐乎，然后摔倒了。我追过去看他的状况，他躺在沙子上大笑。我给他变出了一个阿拉丁神灯，我们一起往神灯上泼沙子，这或许就是梦想的魔法，就算摔倒了，也不理会，只要有力气追寻梦想，我们就不会遗憾不会后悔。最让我印象深刻的是，他骑车累了，我们在一个不知名的河边坐着休息，他从口袋里掏出一个口琴，给我吹起了优美的旋律。河水奔流，背后是一望无际的草原，蓝天飘着几朵雪白的云，河边的不知名的野花开得旺盛，一切都像一幅画一样，我很快乐。在给别人实现梦想的时候，也会收获故事和信任，还有美景、优美的旋律和真诚的笑脸，这些都是我做这件事情之前没想到的。

旅行进行到一大半的时候，我们一起坐在路边吃烤串，当地的牛羊肉特别好吃。牛羊肉在炭火上烤得吱吱作响，路边的孩童们快乐地相互追逐，烧烤的大叔开心地哼着歌曲。看着街上来来往往的当地人，脸上都挂着笑容。我们品尝着美食，突然觉得我们生活的拥挤城市中，或许很难看到这样的画面，我们或许没来得及停下来回归这种活生生的感觉，我们或许都忘记用笑脸对待身边的人。生活不用过得太着急，也可以关心月的阴晴圆缺，也可以发现身边的小小美好。

就这样我们从陌生到熟悉，从熟悉变成朋友；我们一起和当地人聊天，一起在湖边喊出我们的梦想；我们一起在路上唱歌，一起在沙漠寻找神灯；我们一起追逐羊群，一起翻过垭口；我们在海拔 4 120 米的经幡下祈福，一起在草原跳舞，一起在房车边看书、喝咖啡，一起在河边吹口琴，在路边吃最地道的烤肉串；我们看过青海湖上纯洁温暖的笑容，也见过默默守护草原环境的藏族老人。一路走来，沿途壮丽的风景和那些温暖的陌生人，让我感受到前所未有的快乐。原来只要迈出第一步，实现梦想并没有那么难。其实当初我实现梦想的勇气都来源于你们的故事，阿拉苏总说她有魔法可以实现愿望，其实我发现她的魔法就是对梦想有一颗坚定不移的心，希望每个人都有小小的魔法，帮助周围那些坚信梦想的人。

小毓钰毕竟是个男孩子，很多情绪还是很含蓄，只有在他骑行的时候潇洒的背影让人特别能看出他的快乐。穿过油菜花海的时候，他像个孩子一路奔跑，喊着："苏姐姐，苏姐姐你看，花的尽头是海！"油菜花的香味伴着他开心的声音，就像一幅画，比我之前自己来看油菜花还要开心得多。我们去茶卡天空之境的时候，他给我说之前来的时候是什么什么样子，那是他第一次骑行。当时的他刚毕业就想来看看，住最差的青旅，吃简单的拉面，也不知道自己要去何方，可以去做什么，就把自己放在了青藏线的路上，一路骑一路看，认识了很多好人，也遇到了很多困难，最难熬的不是身体上的考验，而是骑行很久之后想到未来时的迷茫和孤独，那种对未来的不确定让他觉得很恐惧。后来下定决心去北京，去自己向往的城市，做着和骑行相关的工作。他说："我不知道多久可以实现我骑行中国的梦想，那我就先从深度了解自行车开始做，因为自行车的轮子是我以后梦想的腿，我要去深度了解它。"我选择帮助这个单车少年，是因为他赤诚的心，和他对未来的期许。

很多时候也许你自己不知道，当你全心全意实现梦想时的样子，已经打动了别人，哪怕我们都还在最基础的过程中。好好地去努力把每一个小事情做好，坚信梦想的力量，那有一天你的梦想也会开出花来。

在挪威卑尔根

→ →

遇见穿着彩色衣服的树

↓ 很多人都想成为一棵树，站成永恒的姿态，看尽寒来暑往世情变幻。我有些时刻也希望自己是一棵树，开心的时候就开花，难过的时候就落叶。在挪威卑尔根我遇见了很多穿着彩色衣服的树，五颜六色还有很多图案，人们走过的时候都会忍不住停下来，和这些穿着彩色衣服的树合影，对着树微笑。在旅途中我远远地看见这片树，忍不住冲了过去，在林中四周全是色彩，这一刻离我想成为一棵树的目标是那么的近。

树林前面是佛罗索道入口，无数居住在山上的居民，把缆车当作日常的交通工具，他们对于自己住在油画里已经习以为常。我坐在车尾，当缆车开动的时候感觉就像时光倒流一样，无数的光影和风景开始在眼前跳跃。如果问我最想时光倒流到什么时候，我想是回到小学三年级，那时候爸爸妈妈还在一起，那时候学校离家很近，我也想像同学们一样带午餐去学校吃，每天都期待着妈妈会给我做什么好吃的。每天打开饭盒时都特别开心，每节课间我总是带着秘密的喜悦偷吃一点午餐，等到了中午，我的饭都被自己吃光了，于是跑回家妈妈会溺爱地责备我几句，继续给我准备好吃的。

后来家里发生了巨大的变化，就是从那时起，我特别希望自己是一棵树，风吹雨打也扎根在自己生长的地方不动摇，不用颠沛流离、不用担心分别，就站在那里，坚挺努力地向上生长。现在的我已经过上自己从小憧憬的生活，行走在全世界，遇见了这些走进我心里的身着彩衣的树，就像有人懂了我小时那个奇怪又无奈的期待。所以很感谢卑尔根这个城市，让

我能想象自己就是那些树。后来我特地去了解了一下，这些树和彩色的衣服是一个展览，一位艺术家希望通过这场色彩缤纷的展览表达地球上的人都善待彼此、接纳彼此的期望。世界在那位艺术家的眼里五彩斑斓，每种颜色都有被善待。

在挪威卑尔根这座城市，我遇上了无数好看的姑娘在排长队等待一个生日的派对，我用不流利的英语问她们生活在这里的感受，每个人的回答都认真又幸福，她们很爱这里的生活，放松又愉快。一个城市的温度取决于人们对这里的热爱，我喜欢站在这些小房子的前面，观察人们的表情。遇见遛狗的人，会热情地给我说她的小狗叫什么名字，说起来一脸溺爱；站在鱼市场里，哪怕我不消费，热情的伙计也会抓起一只帝王蟹跟我合影。旅行走得很快很快，常常是来不及好好感受这个城市，就又匆匆离去，但是卑尔根却让我有想停留和想理解的愿望，我会静静坐在彩色房子的前面，看着人来人往，想象他们住在这里的故事。

每个人都像城市的一道光，每到夜里我们就发着微光。从地球上面望下来，我们也是小小星辰，无比繁多却又独一无二，每个人心里都有一个期待抹平的遗憾。可能真的没办法回到那个时刻，但是我们可以努力地在

遗憾里种上一颗梦想的种子，等长成参天大树就能保护你当初无力保护的人，就能开出你想要的花，结出那些让你喜欢的果。

在挪威旅行我遇到了一半的雨天、一半的晴天。雨天的时候整个峡湾和山腰都在雾里，在秋天缤纷的色彩里宛如一幅画，但是走在其中却多了几分湿冷，容易让人感伤，但是眼睛看到的却是美妙绝伦的风景；晴天的挪威，色彩生生不息，让人忍不住想走得更近一些，看看远古冰川，那些从天而降的小瀑布，无比繁多，让人忍不住想呐喊。很多人都问我旅行走得够远之后打算怎样，我想人生就是一场旅行，只是有的行走在看世界的路上，有的走在世界各个地方的路上，每个人想要的未来只有自己最清楚，自己的未来都需要自己努力去铸就去抵达，我也不知道我做自媒体会做到什么程度，只想坚持去温暖那些来自不同的人们地方的小小梦想，就像一棵树一样，在为你们遮蔽风雨之后，你们愿意为我穿上彩色的衣裳。

七夕

→ →

把鲜花送给陌生人

住在城市久了，会忘记邻里之间热闹的招呼，也忘记了小时候把一条街过得跟一家人一样。马上又到七夕了，我不想如同每年那样在朋友圈发一个普通的祝福，想做点不一样的事情，于是我们决定去给陌生人送花，街采小组的人也说好，于是我们开始张罗怎么去做这件事，这件不知道会发生什么的事情。

　　送花小组行动的时候，我在日本和老曹正手牵手逛白色恋人公园，不知道街采小组的单身姑娘们是什么心情，我有点担心满大街的恋爱的味道会让单身的她们有点失落。但是等到视频和照片传来的那一刻，我们感动得流下眼泪，看到把鲜花送给陌生人时收获的不是冷漠，而是真诚的微笑和感谢。

　　把花送给这个世界，收获点滴的笑容和温暖。我问送花的婷婷最感动的是什么，她说，把花送给了一个帮厨的小伙子，起初小伙子出来倒垃圾，站在街边发呆，婷婷看见后走过去送了一朵花给他。那个小伙子笑得特别甜，说："我从来没有收到过花，没想到在这个七夕收到了一朵玫瑰，太感谢你们了。"回头走的时候还把花举过头顶。花虽然很普通，但这一刻送到他心里的温暖是打动人心的，或者能让他坚持下去一段感情，或许是寂寞异乡的一点温柔。我想可能他回去也会微笑，在北京这个大城市，每天很多人会进来，很多人会离开，大家都行色匆匆地寻找自己的梦想，有时候生活过得太快把人逼成了孤立无援的小岛，一朵小小的花或许可以温暖一整天，无论你在哪个阶段，都值得被温暖对待。

| **一路同行：** 去想去的地方，做想做的事

我们也会把花送给来自异国他乡的人，虽然有着不同的肤色、说着不同的语言、生活在不同的地域，但是他们和我们一样对旅行充满热爱，正是因为对中国的热爱才让他们跨越万水千山来到这里。北京很大，大到住在不同城区的朋友可能半年也见不到面，大到各种肤色的人都出现这里。在把花送给这个外国家庭的时候，这个美如明星的女生脸上的表情从惊愕到微笑，眼睛弯弯的好像月亮一样，接着爸爸妈妈每人一朵，他们拿着闻了闻花的芳香，笑得一脸幸福。我曾在异国他乡收获到很多陌生人的微笑，像细小的阳光装进了记忆的玻璃盒里，总是在脑海里闪闪发光，希望来自那里的人也会在我们的家乡收获满满的善意和友爱。

| 一路同行：去想去的地方，做想做的事

有时候停下来思考也会有无力感，觉得自己很多方面都不好，慢慢地会开始怀疑自己的能力，也会在刷朋友圈的时候感到自己的渺小，迷茫伴随不安，情绪很波动，信心也丧失了。那时我会点开自己的视频，从头看一遍我都做了些什么。每次看到这个送陌生人花的视频，看到大家惊喜又真诚的笑容，那种发自内心的欣喜和开心，总是让我心里温暖，忍不住就红了眼眶，告诉自己，我要努力让更多人感受到这些小温暖，让更多温暖可以被传递，我就没理由再自我怀疑，应该更坚定不移地向前行。

很多人说，我鼓励了他们，其实反过来是他们鼓励了我，如果不是七夕我异想天开去送花，去给陌生人一点问候，让他们相互说出心里的话，我应该不会这么感动。做了这样的事情就好像切身感到了所有的温暖，在迷茫渺小无助的时候，他们的笑容会发光，给我指引方向，也像一片大海让我的梦想有归途，送人玫瑰，手有余香。

有人说让我们善待陌生人，他们可能就是天使伪装在你身边，当你真的一个一个去实现曾经想做的温暖他人的事情，你会发现过程比想象中还要美好。不是我温暖了别人，是他们温暖了我，让我可以在我向往的新世界里一路狂奔，坚定我的方向，坚定了那些通往梦想的路。就像小时候，有一次我迷失在一片高高的树林，能听见鸟叫的声音，能闻到花香的味道，还有露珠滴落的声音，那时的我不禁唱起了歌，忘记了小小的恐惧，越来越开心，笑着向前跑，跑着跑着就跑到了妈妈的身边，然后对着身后的路微笑，告别短暂的恐惧和迷失，走到光明。我想很多年后，我还会翻看这些给陌生人送花的视频，也许我还会眼角有泪，心头一丝暖流一阵感动，做着这些心之向往的事，这些玫瑰花开得格外灿烂。

我旅行的意义 →→
都源于你

"在世界里穿行，在时光还来得及，在美梦里不要醒，在千万灯火里走向你，我旅行的意义都源于你。"这段话是我写给老曹的，遇见老曹之后我的世界中那些想象里的花都开始开放，那些小梦想一个个变成了鲜活的现在。如果你要问我好的爱情是什么，我觉得就是我走向你时你给我温暖和拥抱，我远行时你做着自己喜欢的事情，然后时不时把我想起，也盼着我回来，也盼着我开心，你也温柔、你也开心。

和老曹认识源于微博，那时候我们隔得无限远，无论距离还是心灵。但是每次我找他帮忙的时候，他就像一个热心的大男孩，特别有耐心地给我解决，并不像一个忙得不可开交的人。后来发现他就是这样的热心，对那些向他开口的人，他能帮的都会默默去做，不邀功不张扬，内心干净、为人善良。

和老曹相爱就像一场爱丽丝美丽的冒险，从一个不起眼的树洞走进去，走着走着才发现里面是万千看不尽找不完的宝藏，都关于爱、关于梦想、关于家人。从最初的我记住这个热心的大男孩到爱上他花了3年多时间，中间还走错了一段路、爱错了一个人，但是这些都不重要，和老曹相爱后，我经常想两种人两种人生，感谢我选择的是老曹。

我们相爱也是源于微博，在我心灰意冷的日子，老曹像一个新的"太阳"，照耀我轰塌的世界，他会为了陪伴坐火车的我，而在电话那头聊一整夜，听着我的脆弱和内心的柔软；他会在接我的火车站准备两把雨伞；带我游北京的时候像极了一个认真负责的讲解员，把所有他知道的、了解的北京都在短短两天里变着花样带我去看尽，我当时真是觉得春风得意马蹄疾，一日看尽长安花；他把那些他有的、不多的、最好的都给我，让我的心再次热烈地跳动；带着我从芍药居走到南锣鼓巷，吃冰糖葫芦、吃海底捞，把我紧紧保护在怀中。

尤其记得老曹来长沙接我的时候，穿过一座一座的城市，来到我的面前，对我说："走吧，跟我去北京吧！"我说我害怕在浴室洗澡因为水声很像眼泪，因为我做了一个关于浴室的可怕的梦，虽然这只是一句玩笑话，但是等我没心没肺洗漱穿戴好，发现老曹真的拿着一个小凳子坐在门口守着我，没动过，见我出来就说："以后你洗澡害怕我都守在门口。"我心里突然温热无比。我打包好行李和那些遗憾的昨天告别，当时我在心里想，就算是天边我也跟着你一起去，用我们的赤子之心打造一个梦想的家。

我们走过南北的文化差异，走过语言的差异，走过成长经历的差异，最终走在了一起。我现在回忆起来最幸福的时刻都是老曹骑着小电动车，我在后面一把抱住他，哼着心里的歌，两个人手牵手去吃驴肉干锅，你一口我一口，笑得没心没肺；去奶茶店门口排队买一杯大奶茶，一人一口喝得无比满足。我们在认识一年后结婚了，那时候我们不富有，但是爱得一点都不比谁少。我们在北京一个酒店举办了我们的婚礼，我妈哭成了泪人，却无比开心地把我的手交给了他。我穿着我们民族的衣服叮叮当当，成了那个亲朋好友都记忆深刻的少数民族媳妇。没有太多华丽的东西，但是有一颗贴着一颗的真心。后来老曹也随我去了湘西举行了一场我家乡的婚礼，他骑在马上，我坐在轿子里，在我生长的土地上一步一步地走。我亲人的普通话不好，但是老曹会耐心地回应，会记得给爸爸家买个热水器，给妈妈家买个微波炉，往后的日子每到节日他会提醒我该给我爸妈买礼物了。

我们和万千小家庭一样，一点一滴地积累我们的财富、创造我们的生活，一点一点搭建我们的家。直到工作彻底压垮我的时候，旅行似乎成了我最好的出口，老曹对我说："去看你想看的世界，我顶起我们的家。"我之前所有的坚持、倔强和口是心非都在这一刻崩裂。是呀，我那颗渴望看世界的心早已滚烫要喷发，以前坐在屏幕前羡慕着大家走在世界的路上，默默在睡前抹眼泪，默默地在世界地图上把那些向往之地标出来，默默想象我在这些地标前应该做什么动作，所有的压在心里的渴望都倾泻而出。

遇到一个好的爱人就是会在合适的位置守护你，不强加他的愿望，不阻挡你的梦想，送你离开也接你回来，给你空间也给你思念，给你拥抱也给你忠告。老曹让我重新定义了老公这个角色，像朋友一样懂你，像父亲一样疼你，像爱人一样守护你。我做那些天方夜谭的事情，他却觉得很有趣也很有我的风格，在支持我的同时帮我想办法怎么去实现，为我那些缥缈的想法打上基石、勾勒骨架。走在路上的时光我常常想，我是有多幸运，能做自己喜欢的事情，爱着爱我的人。未来的路很长，也不知道会有些什么变化，就和这个美丽的世界一样，充满未知，充满冒险。所以珍惜现在的幸运，过好每一天，期待每条未知的路，是我对生命和你最好的回应，也是我旅行的意义。

走再远 →→

也别忘了回家

↓ 我越长越大，爸爸却越来越"小"。随着成长，我早就和之前的生活和解了，和爸爸之间也多了一些想念。现在的我偶尔和爸爸打电话会觉得鼻子酸酸的。一想到爸爸都 70 多岁了，担心就总是伴随着想念，那些成长的旧疤痕都会不经意出现，不再疼痛，却都在，对爸爸更多的是依赖和想念。

之前谈过一场失败的恋爱，听小妈说爸爸为我一夜白头、无法入睡，好在我自己顽强地在其他地方生根发芽，越走越远，最后把自己嫁到一千多公里外的北方，没有想过的地方。带着老曹回家，我爸五点就起床了，一直盼着我们回来。我在路上的时候爸爸一通又一通担心的电话追了我们一路，等到进门爸爸就一直笑着，想说什么都显得有些笨拙和不自然。

后来我爸把我叫到角落，抓着我的手叮嘱了三遍，"要温柔、要孝顺、要好好待他家人"，每一遍都是反反复复的。我爸一定知道在成长过程中，我变得刀枪不入，变得奋力向前，心里住着一只喷火兽，做事总是风风火火，任由自己情绪燃烧，爸爸一定怕我因为自己的性格吃亏，所以反复叮嘱我。

对待老曹，爸爸总有些笨拙，却又真心。两个都不善言辞的男人，都在很努力地让对方印象更好。我要嫁那么远，爸爸没有阻挠我，妈妈也没有，他们知道我就是一团火，他们一直放任我野蛮生长，越过荆棘，越过山丘，越过海洋，越过高山，一直按照自己的喜好燃烧和照亮自己的路。

我从来对自己想要什么，也有自己的判断，所以我的决定他们都祝福。关于婚礼爸妈想的都是尽可能让我体面不留遗憾。关于我的婚礼，爸妈之间其实还是有硝烟的，他们离婚这么多年，都想送我从他们身边离开，最后商量的结果是北京的婚礼妈妈代表，家乡的婚礼爸爸准备。

爸爸知道我喜欢民族服饰，托人给我在芙蓉镇做了一身，叮叮当当银子装扮的头饰，红色花纹的民族衣服，胸前配饰是一抹弯弯的月。

我出嫁的时候爸爸给我找了当地最好的民族歌舞团，还有一顶花轿，围绕我们小镇走了一圈，鞭炮、锣鼓喧天，按照我们的规矩，老曹会先给我的列祖列宗跪拜，还要回到我们家族拦门先生的问题。爸爸怕烦琐的礼节让老曹觉得害怕，于是把能减去的礼节都减去了，但是没忘记心疼我，不让我敬酒，偷偷给我在房间留了一碗饭。

我摆酒的九天爸爸没停过，一直张罗、一直忙前忙后，结束的时候，爸爸竟然在沙发躺着睡着了。我走的时候，爸爸抓着我的手说："走再远也别忘了回家。"

　　后来我开始到处旅行，总是给爸爸发各种旅行地的照片，慢慢地承诺为爸爸回家的日期总是因为行程在改变。还记得 2016 年里给爸和小妈打了好多电话，说要回家结果又临时回不去，小妈给我打电话说，给我留了很多我爱吃的小竹笋和山枞菌，一到赶集就和我爸去集市上找，结果我又没回去，我爸还执意要一直留在冰箱里，后来都快坏了才舍得吃。

　　2017 年，我带着公婆回家，爸爸和小妈（后妈）准备了一桌子的饭菜，收拾了半天的房间。爸爸明明特别累还是一路送我们去凤凰古城，那天下雨，但是我爸笑得特别甜。

　　几天之后我们要回北京，我爸又把我喊在角落，叮嘱我要孝顺公婆、赡养他们，说："我知道你去了很多地方，做了你喜欢的事情，吃喝玩乐拍照和穿新衣服，也知道你很努力，会去很多很远的地方，走得再远也别忘记回家，爸爸一直都在。"我瞬间泪目，问爸爸会不会为了我感到一点点骄傲，因为之前那么多人对爸爸说我是负担，为什么爸爸还要养着我？现在会觉得有点骄傲吗？爸爸说："虽然我给别人说不明白你是干啥的，但是你可以做自己喜欢的事情我就很骄傲了，旅行一定要平安，去再远也记得要回家。"

外面的世界
是目光所及的地方

　　很久很久以前，我还是小姑娘的时候，特别喜欢爬上小镇周围的山，我想在山头往外面看世界，那是我看外面世界的唯一的通道。爬山的日子里我遇见了比我还高的映山红、映山白和映山紫；我看到桃花、梨花被风一吹落到我的脚下；我听到鞭炮的响声和人们的呐喊；我听到风吹着竹子哗哗作响；我听到有人说外面的世界很精彩很大，很多都是我从未见过的。

　　我现在闭上眼睛回忆，还记得那一年爸爸带着我爬上山顶。夕阳西下，我眼光所及的地方都是一片金色，爸爸说："外面的世界需要你自己用眼睛去看，我只能帮你走到这里。"后来我上学、工作都没人送，一个人拖着行李箱，带着稚嫩的脸庞和无所畏惧的心，大步大步地走，走过黑暗孤独的时光，走过被欺压被嘲笑被欺负的人群，走过繁华却没有一盏灯为我点亮的都市，走过下雨寒冷的街道，走过有人反悔的承诺，走过40度的高架桥还磨坏了唯一一双鞋的鞋底。没有一个人可以帮助我，我孤立无援地往前走，从懦弱恐惧走到春暖花开，从深不见底的深渊走到我做梦都想成为的自己。

去想去的地方，做想做的事

再次出发又是一个夕阳拉长影子的时刻，我突然有点恍惚，这时爱人牵起我的手，拥我在怀里，给我说起那个温暖的未来，我突然相信外面的世界真的有很多可能。我坐着飞机穿过那些世界上最高的山脉，翱翔在云朵之上，星空里还有颠簸的气流。每次落地我走出机场门的那一刻，我都会很认真地看看外面的世界，和小时候我畅想的那些外面都有哪些不一样，有各种肤色的人、各种各样的语言。行走在外面世界的时候，我喜欢微笑，对陌生人露出来自心底的微笑，也是我对外面世界的微笑。

我看着护照上多了一个又一个印章，看着自己的足迹慢慢一点一点踏上地图上那些地方，陌生的城市和国家里开始有人会迎接我，迫不及待把他们认为最好的风景和美食带到我面前，我们开始在旅行中变得熟悉，变得放下防备，互相诉说那些生活中的故事，笑着告别。

偶尔会有老朋友问我，是不是把她忘记了，我行走在外面的世界太频繁，以至于来不及去联络很多感情，有些成长生根在一起的情谊，从来不曾动摇过，不曾消失过，因为我们是这样一起成长起来的。一些我中途遇见的人，在那个时间段我们热络地一起去外面的世界，我们拍了很多照片、很多影像，发生了很多故事，后来我们没有一起走，而是彼此告别。我只是把特别的你还给茫茫人海，就像当时我和特别的你在茫茫人海遇见一样，之后的时光我们交集少了，甚至慢慢陌生了起来，但是我会永远记得，当时我们一起去外面的世界时，真诚又善良的你，我们当时的快乐和笑容未曾虚假过，这就足够。只是希望我们都在茫茫人海，精彩地走我们的路，勇敢面对外面世界的无奈，哪怕未来的路没有我们彼此的痕迹，但是在我们都很勇敢善良和真实的时候遇见过，一起笑过哭过就够了。

很多人说我没心没肺，我只是想像小时候的自己一样，无畏地行走在外面的世界，不管晴天飘雪还是雷雨交加，我想让我的眼睛看到更远、更辽阔、更未知的外面的世界，完成小时候我心底那些小小愿望，我应该还会在外面的世界走很长一段日子。

未写完的故事还有很多，我还在一边旅行一边实现着粉丝们的旅行愿望，那些关于爱情、友情、亲情、师生情、梦想和温暖的故事还在继续。这本书我可能永远写不完，因为通过互联网连接着那些在世界各个地方的人，故事随着时间变得越来越多。我无比感谢在实现愿望期间帮助过我的人，不管他们是愿望的主角还是传递梦想力量的人，都构成了我旅行中最美好的部分。

想对下面提到的人表示最真挚的感谢，是你们守护着梦想的火苗生生不息。

香格里拉

第 53 个愿望发生在这里，带着一名乡村老师去到人们心中的乌托邦，去梦里的香巴拉，寻找那些需要保护的梦想光芒。非常感谢热心的兰卓玛姐姐，带我们在这片土地寻找，也感谢人美心善的宣传部曲部长，她用自己的力量一直在推动香格里拉的旅游业，她奋斗的样子让我看到这片土地的希望之光。也感谢在自家餐厅招待我们的姐姐，她说她是 3 个孩子的妈妈，除了自己的孩子，她还默默资助着当地两个没有父母的孩子，成为没有血缘孩子的靠山。另外，还要感谢让我们住进了文曲巷善苑客栈的表姐！

巴拉格宗

带着粉丝走进斯那定珠的路，那条连着家乡和世界的路，那是改变命运和未来的路。这让我也想修一条路，能让在世界任何角落的你我，感受到善良和大爱的温度。在探索期间非常感谢斯那定珠老师，一路陪同，他的那些话化成巨大的力量，滋养了我们对梦想坚定的心！希望斯那定珠老师和他的巴拉格宗，永远像一颗璀璨的明珠照亮人们梦想的路。

丽江

第 37 个粉丝愿望，在云南给一对异地恋 4 年半的情侣拍一组婚纱照，帮着男主求婚，虽然没有大钻戒，但是也拿着银行卡在大家的欢呼中完成了这场有意义的仪式。非常感谢唯一旅拍的摄影师刘汐铭夫妇和化妆师开心，他们为了和我策划这场不一样的旅拍和求婚现场，熬夜准备鲜花气球。我们在布置现场的时候仿佛拥有无限的精力，求婚成功的时候，我们流着泪抱在一起，原来有种感动是传递幸福。

也感谢丽江的"背包十年"，带着这对粉丝走进小鹏哥的乌托邦，你会发现总有一些人做着有趣又美好的事情。

新疆

第 51 个粉丝愿望，主角海外留学 6 年，学到一身本事，只想回家推广自己的家乡。他叫大海，生在新疆，一直想把对家乡悠远蜿蜒直抵内心的爱，展现给更多的人。他开着车在新疆各个地方探索，为了把家乡独特的美分享给更多的人，他在乌鲁木齐开了一家名叫悦辰逸海旅行社，想让你在离海最远的城市看到他对新疆如大海般广阔的爱。想了解更多不一样的新疆可以去找他的微博：@ 木子辰 _Ocean。

青海湖

第 30 个骑行青海湖的愿望，故事的主角通过自己的努力从北漂，到电台主播，再到现在进入了阿里巴巴集团。今年中秋他给我发消息，说要给我寄阿里巴巴集团的月饼，我特别开心，感到梦想的力量一直在延续。在这里要感谢当初带着我们去实现梦想的老树（微博 @老树旅行），是他开着房车带着不会骑车的我陪着粉丝环青海湖骑行，是他让我知道原来旅行可以用四个轮子支撑起两个轮子的梦，谢谢你！

成都

第 43 个粉丝愿望，让韩漂 12 年的姑娘变成了 @留韩欧尼，一首搁浅了 12 年的《蜗牛》让我们体会到国外求学和成长路上的艰辛。这次的愿望让她品尝到了中国的味道，见到了突然出现的父亲，温暖了故事本身和看故事的人。我们终究会长大，会过自己的生活，会离父母很远很远，不管在哪个城市都不要忘记中国味道和家人的爱。非常感谢音乐人 @戴小翔在录音棚帮助欧尼一遍遍录制，还带着我们去 3150 卖唱研究所表演，一起合唱《蜗牛》，把募捐到的钱捐给山区小朋友。也感谢在实现愿望期间给我们提供住宿的乐兮民宿老板：微博 @Augusta 麋鹿，一手设计了 20 多套民宿，才华横溢、眼光独特。感谢这些在实现愿望路上遇见的人，帮助我们完成愿望，传递梦想。

北京

　　第 40 个愿望是让一位孙女成为爷爷的眼睛，看了爷爷向往一辈子的北京。我们变强大的过程太慢，老人们老去的速度太快，我很遗憾最终也没带外婆来看一眼北京。所以不想这个粉丝和我一样，我们一起在北京东城逛胡同，一起走进那辉煌无比的紫禁城，又一起去看了鸟巢、水立方，北京是一座有着讲不完故事的古老城市。在此，要特别感谢北京西城、东城、通州、大兴、门头沟宣传部的各位领导的支持。

　　第 50 个愿望来自国贸大酒店红馆的烤鸭师傅冯师傅，他坚持做烤鸭 25 年，世界各地的很多人都尝试过冯师傅的烤鸭，但妻子和女儿却只在 10 多年前吃过 1 次。我偷偷问了师傅的愿望，他希望让妻子和孩子也来红馆吃一次他做的烤鸭。我们在现场拍摄的时候，听着冯师傅的心里话，感受到幸福家庭最好的姿态。在这里要特别感谢帮我们联系烤鸭师傅的国贸大酒店的 nora 姐姐，她让这个温暖的故事走进我们的生活。

华沙

第 44 个粉丝愿望是让全世界知道你的爱。带着幸运粉丝去华沙每个美丽的地方，找人来对镜头前的女友求婚，最后在 2019.2.14 这天，幸运粉丝在遇见女友的博物馆里完成了求婚。求婚的时候，我们将这个视频作为背景播放，成功的那一刻我在视频里笑得像个孩子。今年 10 月他们结婚我收到了请帖，祝愿他们永远幸福！这也是我旅行最爱的部分——温暖和爱的延续。在这里我要特别特别感谢华沙旅游局（官方微博 @ 爱上华沙），让我可以带着粉丝去华沙做这件浪漫的事情。

加利福尼亚州

第 56 个愿望是一个关于保护好自己的赤子之心，寻找纯粹快乐的故事。我很喜欢美国加州，多元的加州（官方微博 @ 加州旅游局）让梦想家们在这里大胆创造无限精彩，可以一天穿越四季，可以大胆的做梦！

最后还要感谢帮忙传递梦想的旅游局（排名不分先后）：

美丽的岛屿和现代生活方式并行的北欧首都斯德哥尔摩（官方微博 @ 北欧首都斯德哥尔摩那些事）

世界闻名的莫扎特故居，滑雪的胜地奥地利萨尔茨堡州（微博 @ 奥地利萨尔茨堡州旅游中国官博）

美丽得无与伦比，并让人魂牵梦绕的瑞士，哪个季节都值得你去探索（微博 @ 瑞士国家旅游局）

因为版面问题还有很多旅游局就不一一感谢，我们一起等着下个故事的发生。

感谢梦想传递使者，在茫茫人海中遇见你们并成为朋友，谢谢你们传递我这些梦想的故事（排名不分先后）

@ 谷岳　　　　　　@ 背包客小鹏　　　　@ 魏新

@ 杨祎　　　　　　@ 总裁语录　　　　　@ 时尚女王

@ 黄博 WongPok　　@ 美食家大雄　　　　@ 营养师顾中一

@ 刘闻雯　　　　　@ 郑能量姑娘 Goya　　@ 穷游旅行家

@ 牛肉饭　　　　　@ 陈康纳 _　　　　　@ 杰西西酱 _

@ 文武贝余　　　　@ 猫火火　　　　　　@ 可意 Shirky

@ 动荡的日子　　　@ 极微细色　　　　　@ 青春河边巢

@ 美食味道菌　　　@ 神吃姐姐　　　　　@IT 科技侠

@ 读书语录　　　　@ 电影味道馆　　　　@ 动漫行者

@ 音乐影视贩　　　@ 涂鸦 AND　　　　 @ 董行 HANG- 婚礼影像

@ 情感树心　　　　@ 爆料帝　　　　　　@ 萌宠物爱宝宝

@ 时尚师小敏　　　@ 超妈菲菲　　　　　@ 娄倩 moon

@ 大攸与蜜桃　　　@ 时尚娱乐美女推 sir　@ 帅奇 Fit

@ 神吃小熊猫　　　@ 六六和戚戚　　　　@ 农村小妹建英

@ 时尚师小敏　　　@ 兔牙 Yolanda　　　@ 硬核糖力

@ 糖豆 Candy 的日常　@ 时尚搭配师 lucy　　@ 是沈沈呀

@ 大攸与蜜桃　　　@ 米斗爱美丽　　　　@ 悠悠爱大圣

@Anny 爱宝贝　　　@ 灰爸遛遛遛　　　　@ 范晓遥